光文社古典新訳文庫

# 翼 李箱作品集

李《イ》箱《サン》

斎藤真理子訳



光文社

Title : 날개
1936
Author : 이상

# 『翼　李箱作品集』＊目次

# 訳者まえがき

## 早すぎたモダニスト、李箱

一九三四年七月二十四日。当時日本の植民地であった朝鮮で、『朝鮮中央日報』という新聞に一編の詩が掲載された。本書一九〜二二頁に収録された、「十三人の子供が道路を疾走する」という一節で始まる作品である。タイトルは「烏瞰図《オガムド》 詩第一号」とされ、以後、三十回にわたって連載が続く予定だった。

作者の名は「李箱《イサン》」。本名は金海卿《キムヘギョン》といい、李箱はペンネームである。そもそも、この「箱」という名からして異彩を放ちすぎていた。「箱」という漢字は日本語の場合と同様、即物的に「ハコ」でしかなく、人名にはまず使われない。人を食ったような変な名前である。

このとき李箱は二十四歳で、無名の新人だった。同じ文学者グループに属する先輩作家、李泰俊《イテジュン》がこの新聞社の記者だったために連載の機会を得たのだが、実は「烏

瞰図 詩第一号」は、掲載前から社内で大いに物議をかもしていた。

まず問題視されたのはタイトルだった。校正部から「烏瞰図などという言葉はない」と突き返されたのである。これは「鳥瞰図」の「鳥」を「烏《からす》」に置き換えた李箱の造語であり、文芸誌ではなく新聞に載せる文学作品としては、あまりに破格だった。ようやく校正部を説得した李泰俊は、次に「これが詩といえるのか」という反対意見に遭遇する。デスクや編集局長を説き伏せて掲載にこぎつけたのはいいが、二回、三回と連載が進むにつれて、新聞社には「頭の変な奴のたわごとを載せるのか」といった激しい抗議の投書が殺到したという。本書二三五頁の「詩第四号」を見れば想像がつくかもしれない。そのため連載は、十五回で打ち切られてしまった。

李箱はこのように、称賛とは縁のないところからスタートした。そして、この事件からわずか四年たらずで、東京で客死してしまった。彼の創作活動は七年間にすぎず、特に晩年に集中していた。生前に一冊の本も出版されず、文学者仲間と少数の読者に知られているだけだった。李箱自身、生前に「李箱の読者などというものが、野球チーム一つ作れるほどにも存在するのか」と冗談めかして書いたことがあったが、その通りといってもおかしくなかったのである。

しかし本人の死後、とりわけ、悲惨な朝鮮戦争が休戦を迎えた後の虚無的な世相の中で、李箱の作品は熱狂的な人気を博した。その人気は一過性のものに終わらず、現在、韓国で最も権威のある文学賞は、一九七七年に創設された「李箱文学賞」である。

李箱の人生と文学活動については解説でさらに詳しく述べるが、「韓国併合」が行われた一九一〇年に誕生した彼は、「植民地の長男」と呼ばれたこともある。確かに、李箱の人生は日本統治時代にすっぽりと収まる。「ソウル」ではなく「京城《けいじょう》」と呼ばれることになった町に生まれ、日本式の教育を受け、日本語を所与のものとして使いこなす世代として成長した。現在のソウル大学工学部建築科の前身である京城高等工業学校建築科で建築を学び、朝鮮総督府で働く知的エリートとなった。朝鮮語と日本語の両方で、抒情を排した難解なモダニズム詩を書き、そして横光利一《よこみつりいち》や芥川龍之介《あくたがわりゅうのすけ》の影響がうかがえる都市小説と、ほろりとするような随筆や童話を朝鮮語で書いた。絵が巧みで、自分や仲間の小説の挿画を描いたり、本の装丁を手がけたりもした。喫茶店を経営したこともあった。

李箱は京城のモダンボーイそのものだった。そして、人生に行き詰まったかのように東京にやってきて、思いもよらない死に方をした。一人で飲んでいたところを見咎《みとが》められ、警察に連行され、一ヶ月あまり勾留されたために結核が悪化し、釈放後、間もなく東大病院で死を迎えたのである。日中戦争に先立つこと三ヶ月、一九三七年四月のことだった。まだ二十七歳だった。

本書には、この特異な作家の才能をまんべんなく味わえるよう、詩、小説、随筆、紀行、童話、書簡など多様なスタイルの文章を収めた。

## 李箱の文体はどう作られたか

次に、李箱の文体と翻訳上の工夫についてあらかじめ知っておいていただきたいことを整理しておく。

李箱の文体には、きわめて早い歩みで進んできた朝鮮近代文学のスピード感が染みついている。近代化と植民地化が重なるという特殊な状況の中で、息つく暇もなく奮闘した人たちのスピード感である。

そもそも朝鮮半島において、新しい文学を作る試みは悠長には進まなかった。その困難はまず、新時代の思考を盛る器としての近代言語と、その表記法を作るところから始まった。

朝鮮の知識人にとって、執筆に用いる第一言語は漢文であり、漢文の権威は絶対的なものだった。十五世紀にハングルという優れた文字体系が生まれたが、それはあくまで庶民の文字とされ、文語と口語の間には高い障壁がそびえていたのである。

この障壁を崩す新しい表記体系を模索するために、十九世紀の終わりに漢字とハングルを交ぜて書く「国漢文」が生まれ、次にハングルだけで表記する「純ハングル文」という文体が作られる。その過程は一筋縄ではいかなかった。唯一にして絶対的だった漢文の権威が失墜した後に、別の権力を持つ日本語が登場したからである。しかも朝鮮語と日本語が文法的には非常によく似ていたことから、困難はいっそう複雑化した。その途上で純正な漢文を第一の書き言葉として成長した知識人・尹致昊《ユンチホ》は、ハングルで自分の心情を書き表そうと努力してもうまくいかず、英語や日本語で日記を書いたことがあった。また、朝鮮文壇において短編小説を確立させたといわれる作家・金東仁《キムドンイン》は、日本経由で入ってきた「小説」なるものを書くにあたって、「構想は日本語で練るからいいが、それを言文一致の朝鮮語で書き表そうとすると適切な用語がない」と悩んだ(二つの言語の間での葛藤は、日本からの解放後も、後続世代の中で、形を変えて続いた)。

こうした奮闘の中から言文一致の近代小説文体を完成させたのは、一九一七年に新聞に長編『無情』を連載した李光洙《イグァンス》だった。

二葉亭四迷《ふたばていしめい》が言文一致体を作り出すために、ロシア語翻訳の経験も参照しながら苦労して『浮雲』を書き上げたことはよく知られているが、『浮雲』の発表は一八八七年だから、『無情』との間には約三十年の開きがある。

しかし、その後がめっぽう早かった。『無情』以後の三十年について、やはり李箱の文学仲間だった詩人・評論家の金起林《キムギリム》は一九四八年に、「朝鮮文学への反省」という文章で次のように書いている。「小説においては人道主義・自然主義・写実主義・傾向文学・印象主義・心理主義、詩においてはロマン主義・象徴主義・社会派・モダニズム……私たちは近年のヨーロッパ文学が体験したこのような内容を、非常にあわただしく消化した状態で、あるいは消化不良の状態で受け入れねばならなかった」（金起林「故　李箱の追憶」青柳優子編訳・著『朝鮮文学の知性　金起林』新幹社）。

李箱もまたこの激しい流れの中にいた。李箱は幼少期に漢文を学び、日本語で高等教育を受け、日本語を経由して大量の西欧文化・思想に接した。彼は日本のモダニズム詩や新感覚派の小説に影響を受けつつ、奇妙な欧文、数式、幾何学図のようなものまで取り混ぜながら自分の文体を作っていった。このように不可思議な作品を残した朝鮮の文学者は他にいなかった。

植民地という、強い負荷がかかった空間で、性急な文学の激流の中にあって、新しい言葉と新しい文学を作ろうともがいた李箱は、常に造成中のトラックを走り続けたトップランナーのようなものである。このトラックは、自前の近代化を阻まれた障害物だらけの滑走路であるとともに、李箱独自の実験場でもあった。

## 独特の言葉の使い方とその翻訳について

その実験場で、李箱はどのように言葉を用いただろうか。

最初に言っておくと、朝鮮語には、日本語のいわゆる「やまとことば」に該当する固有語と、漢字に由来する漢字語がある。現代の朝鮮半島では、大韓民国においても朝鮮民主主義人民共和国においてもほぼハングルのみの表記が基本となっているため、固有語と漢字語が区別されづらいが、語彙の中に占める漢字語の割合は非常に高い。李箱の時代には、公的文書や評論などは漢字ハングル交じりの文体で、小説は純ハングル体で書かれることが多かった。

そして、李箱の漢字の用い方は独特だった。彼は執筆活動を始めたころから、「空腹」という漢字の熟語に「ハジ」という日本語のルビを充てるほど融通《ゆうずう》無《む》碍《げ》であったし、日本語で書いた詩の中には「沈黙ヲ如何ニ打撲シテ俺ハ洪水ノヨウニ騒乱スベキカ」といった表現も見える。本書ではこうした、意図的に違和感を持たせた李箱の漢字語の使い方を可能な限り尊重した。

例えば「翼」の三八頁の、「僕はまず、僕の妻の職業が何であるのか知りたくて、その研究に着手したが」という部分の原文は、漢字を用いずハングルだけで表記されているが、あえて漢字交じり文にしてみると

나는《ぼくは》 于先《まず》 내《ぼくの》 안해의《つまの》 職業이《が》
무엇인지를《なんであるのかを》 研究하기에《することに》 着手하였으나《したが》

となる。「于先」は日本にない言葉なので、漢字を用いず「まず」と訳したが、「職業」「研究」「着手」はそのままである。かつて明治翻訳語と呼ばれる言葉が朝鮮語に大量に流入したこともあって、朝鮮語と日本語で共通に用いられる漢字熟語は多く、

李箱が用いた漢字語のほとんどはそのまま今日の日本でも通じる。例外的に、日本では使われていない難読漢字や、どうしても意味が通じそうにない場合は言い換えを行った。

また、本書に収められた作品には多くの外来語（日本でいうカタカナ語）が出てくる。これはすべて李箱自身が用いた外来語だ。例えば二六頁の「感情とは一つのポーズ」の「ポーズ」は、原文では「포ー즈《ポージュ》」であり、「pose」を発音したときの音に近い「포즈」（ポジュ）というハングルに、日本語の音引（「ー」）を入れて長音を表現したものだ（現在ではこのように音引を用いることはないが、過渡期にはさまざまな表記法が試みられた）。原文ではさらに、「포ー즈」に傍点を振って、外来語であることを強調している。

他にも「ニコチン」「ディクショナリー」といった名詞から「センシュアル」「パラドックス」「アイロニー」といった概念用語まで幅広く外来語を用いているが、これらはすべて、モダンボーイの李箱が選んだ言葉である。ごく少数の例外を除き、こうした箇所はすべて李箱の意図通りに外来語として、できるだけ原音を活かして表記した。逆にいえば、李箱が朝鮮語の語彙を選んだ箇所に訳者が外来語を充てたケースは一切ない。

　また、文中に交じっている「生《なま》」の日本語にも着目しなくてはならない。つまり、日本語の単語を音写＝発音通りにハングルに置き換えた部分である。具体的には「치리가미《チリガミ》」「마루노우찌《マルノウチ》」「마유미《マユミ》（人名）」といったものだ。これらの言葉は区別する必要があるので、「치리가미」を「塵紙」「ちり紙」などと表記することはせず、「チリガミ」などと、カタカナで表記した上で傍点を振って区別した。

　さらに、私信の中では、日本語の平仮名・片仮名がそのまま記されることもあった。二一六頁の金起林への手紙の中の「ガラニモナイ」「コーヒ」などがその例であり、これは「**ガラニモナイ**」などのようにゴシック体として区別した。

　なお本書には、李箱が人生の一時期に書いた日本語の詩も一編収録した（七一頁「線に関する覚書1」）。文字遣いはすべて李箱が記した通りである。植民地という厳しい条件下で、二つの言語を駆使しながら自分の文学を創造した李箱の歓喜と苦闘を感じていただければと思う。

# 翼

李箱作品集

〔詩〕鳥瞰図《オガムド》　詩第一号

＊「鳥瞰図」は「鳥瞰図」をもじった李箱の造語。

十三人の子供が道路を疾走する。
（道は行き止まりの路地が適当である。）

第一の子供が怖いと言っている。
第二の子供も怖いと言っている。
第三の子供も怖いと言っている。
第四の子供も怖いと言っている。
第五の子供も怖いと言っている。
第六の子供も怖いと言っている。
第七の子供も怖いと言っている。

第八の子供も怖いと言っている。
第九の子供も怖いと言っている。
第十の子供も怖いと言っている。
第十一の子供が怖いと言っている。
第十二の子供も怖いと言っている。
第十三の子供も怖いと言っている。
十三人の子供は怖い子供と怖がりの子供と
そういうのだけが集めてある。
（その他の事情はむしろない方がいい。）

そのうち一人の子供が怖い子供でもよろしい。
そのうち二人の子供が怖い子供でもよろしい。
そのうち二人の子供が怖がりの子供でもよろしい。
そのうち一人の子供が怖がりの子供でもよろしい。

（道は通り抜けの路地でも適当である。）
十三人の子供が道路を疾走しなくても構わない。

（『朝鮮中央日報』一九三四年七月二十四日付）

# 〔小説〕翼

「剝製にされた天才」をご存じですか？

私は、愉快だ。こんなときには、恋愛までもが愉快なんです。

肉体がぼろぼろになるまで疲労したときにだけ、私の精神は銀貨のように清らかに澄みわたります。蛔虫《かいちゅう》だらけの腹の中へニコチンが染《し》みてゆくとき、頭の中にはいつも白紙が一枚用意され、その上に私はウイットとパラドックスを碁石のように並べて遊ぶのです。これぞ恐るべき常識の病です。

私はまた、女と生活を設計します。恋愛術をひねくり回すことにも飽いてしまった、知性の行きつく果てをちらりとでも垣間見たことのある、いわば一種の精神逸脱者とともにですよ。こうした女の半分だけ――それはすべての半分でもある――を受け取って、それを我が物として生活を設計するわけだ。そんな生活に片足突っ込んで、まるで太陽が二個あるみたいに向き合ってくすくす笑っているのですよ。私はどうやら人生のもろもろがどうにも味気なく、耐えがたくなって、降りてしまったみたいです。グッ・バイ。

グッ・バイ。ときには、あなたがいちばん嫌いな食べ物をむさぼり食うというアイロニーを実践するのも良いことじゃないか知らん。ウイットとパラドックス……。

あなた自身を偽造するということも、やって甲斐ある行いかもしれませんよ。あなたの作品は、見たこともないあなたの模造品が作られていくことによって、いっそう手軽にも、いっそう高尚にもなるのでしょうから。

十九世紀はできれば封鎖してしまうがよろしい。ドストエフスキー精神などというものは、一歩間違えたら浪費です。ユゴーは仏蘭西《フランス》パンの一かけだとは誰が言ったものやら、至言と思われます。しかし人生あるいはその模型において、ディテールに騙されるなどということがあってよいものでしょうか？　禍《わざわい》に巻き込まれますまいぞ。心からあなたにそう告げるのですから……。（絆創膏が切れれば血が出ます。遠からず傷も完治することと信じましょう。グッ・バイ）

感情とは一つのポーズ（ポーズの素《もと》のことだけを言っているのじゃないかと言われましても、私にもどうだかわかりません）、そのポーズが不動の姿勢にまで高度化されるとき、感情はぴたりとその供給を停止します。

私は非凡なるわが発育ぶりを回顧して、世間を見る目をこのように規定しているのです。

女王蜂と未亡人[1]――。およそこの世にあまたある女のうちで、すでにして本質的に未亡人でない者がありえようか？　否！　あらゆる女はその日常において等しく「未亡人」なのだという私の論理は、意に反して女性への冒瀆になるでしょうか？　グッ・バイ。

その三十三番地という場所は、構造からして遊郭そっくりという感じがなくもない。[2]一つ番地に十八所帯がずらりと肩をくっつけて並び、窓も、かまどの形もおんなじだ。その上、どの所帯に住む者もみな、花盛りの若さだ。日光は入ってこない。入ってきても、住む者がそれに気づかない。軒下に針金を渡し、染みだらけの布団を干して、窓から陽が入らぬように遮ってしまうからだ。薄暗い部屋の中でみな昼間は寝ている。夜は寝ないのかな？　知らない。僕は夜も昼も寝ているのだから、そんなことはわかりっこない。三十三番地の十八所帯の昼はまことに静かだ。

静かなのは昼だけだ。暮れなずんでくると彼らは布団を取り込む。明かりの灯《とも》った十八所帯は、昼よりずっと賑やかになる。暗くなるまでしきりに戸を開け閉めする音

1　評論家で、一九七七年に『李箱小説全作集』の編纂も手がけた李御寧《イオリョン》によれば、この箇所は「雄蜂は女王蜂と交尾した後すぐに死ぬため、女王蜂は本質的に未亡人である」という意味。女王蜂や働き蜂の比喩は李箱の作品にしばしば登場する。

2　「翼」の舞台は、一九三〇年代の京城に実際に存在した私娼窟に近いとみてよいと思われる。詳しくは解説二五九頁参照。

が聞こえる。せわしくなる。いろいろな匂いがしてくる。にしんを焼く匂い、タンゴドーラン[3]の匂い、米のとぎ汁の匂い、石鹸の匂い……。

だがそういうものより、彼らの表札を見た方が納得がいくだろう。この十八所帯を代表する大門というものが、ちょっと離れてはいるが角にある。だがそれは、一度も閉まっていたことのない、人通りの多い道を通るのと何も違わない門だ。ありとあらゆる物売り連中が、一日のどの時間帯であれ、この門をくぐって出入りすることができるのだ。ここに住む人々は豆腐を買うときさえ玄関口まで出てこない、部屋の中から引き戸を開けるだけだ。こんな構造になっている三十三番地の門に彼ら十八所帯の表札をまとめて貼り出したところで、意味はあるまい。彼らはいつの間にか、それぞれの部屋の引き戸の上の、「百忍堂」だの「吉祥堂[4]」だのと書いた紙を貼ったすぐ横に表札を出す風俗を身につけてしまった。

僕の部屋の引き戸の上の隅っこに、ナイフの絵が描かれたラベル[5]を四つ切りにしたほど小さな僕の、いや、僕の妻の名刺が貼ってあるのも、この風俗に倣《なら》ったものに相違ない。

けれども僕は、そのうちの誰とも遊ばない。遊ばないだけじゃない、挨拶だってしない。僕は自分の妻以外、誰にも挨拶したくなかった。

妻以外の誰かに声をかけたり一緒に遊んだりしないのは、妻の体面を考えて、それはよからぬことと考えたからだ。僕はそんなにも自分の妻を大事に思っていたんだ。

僕がそれほど妻を大事に思うのは、この三十三番地の十八所帯の中で僕の妻が、その名刺と同様いちばん小さく、いちばんきれいなことを知っていたからだ。十八所帯に咲き誇る花々の中でも、僕の妻はひときわ美しい一輪の花であり、このトタン屋根の下の陽の当たらない場所で、限りなくきらきらと輝いていた。従って、そんな一輪の花を守って――いや、その花にすがって生きる僕という存在が、実に形容に窮する

3　大阪の宇野達之助商会が輸入販売し、一九三〇年代によく使われていた瓶入りの高級化粧品。現在のファンデーションのようなもの。

4　「百忍堂」は「百忍堂中有泰和」（唐の時代から伝わる「百回忍耐すれば家庭の和合が得られる」という言葉）による。吉事を祈る「吉祥堂」とともに、縁起の良い言葉を書きつけた木札か紙を貼ったものと思われる。

5　当時のタバコのラベルと推定されるが詳細は不明。李箱が子供時代にこのラベルを精緻に描き写していたという妹の証言がある。

ような困った存在であったことは、言うまでもない。

僕はとにかく、僕の部屋――家じゃない、僕に家はない――が、気に入っていた。この室温は僕の体温に快適で、この薄暗さも僕の視力に快適だった。僕はここより涼しい部屋も暖かい部屋も欲しくはなかった。僕の部屋は、僕一人にちょうどいい頃合いを常に維持してくれているようだったから、僕はいつもこの部屋に感謝していたし、この部屋のために生まれてきたような気がして嬉しかった。

だがこれは、幸福だとか不幸だとかについて計算をめぐらすのとは話が違う。いってみれば僕は自分が幸福だと思う必要もなかったし、といって不幸だと思う必要もなかったんだ。ただその日その日を訳もなくごろごろ怠けていられれば、万事こともなしであったのだ。

僕の体にも心にもぴったりの服のようなこの部屋で寝っころがってだらだらしているのは、幸福だの不幸だのという世俗の打算を離れた、最上級に好都合で安楽な、絶対的な状態だった。僕はこの状態を好んでいた。

こんなにも絶対的な状態を保持している僕の部屋は、門に近い側から数えてちょうど七番目にあたる。ラッキーセブンといった意味合いがなくもない。僕はこの七という数字を勲章のごとく愛していた。だが、そんな部屋が真ん中から障子で二つに仕切られていたことが僕の運命を象徴していたとは、誰が知ろう？

　庭に面した方の部屋にはそれでも陽が入る。朝方には風呂敷ほどの大きさの陽差しが入ってきて、午後にはそれが手巾《はんかち》ほどになり、やがて消えてなくなってしまう。そして、ずっと陽が差さないままの奥の部屋がすなわち僕の部屋であったことはいうまでもない。こんなふうに、陽の当たるのが妻の部屋、当たらないのが僕の部屋という方式になったのは、妻と僕のどちらが決めたのだったか、僕には思い出せない。けれども僕に不満はない。

　妻が外出しようものなら、僕はすぐさま庭に面した部屋へ出ていって、東向きに切られた明かり採りの窓を開ける、開けると陽の光が差し込んできてその脚が妻の化粧台に当たり、色とりどりの瓶が照り映えて燦爛《さんらん》と輝く。こうして燦爛と輝くのを見るのはまたとない僕の娯楽なのだ。僕は小さな虫眼鏡を取り出して、妻だけが使うチリガミ[6]を焦がして遊ぶ。平行光線を屈折させて一つの焦点に集め、その焦点がやがてじりじりと熱を持ち、しまいには紙を焦がして細い煙を上げ、ついには穴を開けるに至る、そんな束の間の焦燥が、僕には死にたくなるほど面白かった。

こんないたずらに飽きると、僕はまた妻の手鏡を持っていろんな遊びをやった。鏡とは、自分の顔を映すときだけ実用品である。それ以外のときはまるでおもちゃなのだ。

このいたずらにもすぐに嫌気がさす。僕の遊び心は肉体から精神へと飛躍する。僕は鏡を捨てて妻の化粧台の前へ行き、ずらりと並んだ色とりどりの化粧品の瓶を眺める。それらはこの世のどんなものより魅力的だ。僕はそのうち一個だけを選んでそっとふたを開け、瓶の口を鼻先にあてがい、息を殺すようにして軽く吸い込んでみる。異国的でセンシュアル[7]な香りが肺に染み込み、いつともなくすーっと目が閉じていくのを僕は感じる。間違いなく、妻の体臭のかけらだ。僕はふたを元通りに閉めて考える。妻のどの部分からこの匂いがしていたのかを……だが、それははっきりわからない。なぜ？　妻の体臭が、ここにずらりと並んだ色とりどりの香りの合計だからだろうか。

妻の部屋はいつも華やかだった。僕の部屋が壁に釘の一本も打ってない素朴さなのとは反対に、妻の部屋には天井の下にぐるりと一回り釘が打ってあり、その一本一本に華やかなチマ[8]やチョゴリ[9]がかけてある。様々な柄が目にも美しい。僕はその何枚ものチマから、妻の体と、それがとりうる多様なポーズを連想する。僕の心はいつだってお上品とは言いがたいのだ。

一方、僕は服を持っていなかった。妻は僕に服をくれなかった。着たっきりのコールテン[10]の洋服一そろいが僕の寝巻きでもあり、普段着もよそ行きも兼ねていた。それとハイネックのセーターが一枚、四季を通じて僕の肌着だった。それらは一様に黒だった。僕が想像するに、それはぎりぎりまで洗濯しなくても見苦しくないからじゃ

---

6 塵紙。手洗いの落とし紙や鼻紙として使う粗末な紙だが、ここでは化粧に使うもう少し上等のものと思われる。
7 「官能的」の意。
8 朝鮮の伝統衣装のスカート。
9 朝鮮の伝統衣装の上着。
10 コーデュロイのこと。

ないかと思う。僕は腰と股の三ヶ所にゴムの入った柔らかいサルマタ[11]をはき、そうして黙ってよく遊んだ。

手巾《はんかち》ほどの大きさだった陽差しがいつの間にか通り過ぎていったが、妻は外出から戻ってこない。僕はたったこれだけのことにも疲れを覚え、また、妻が帰宅する前に自分の部屋へ戻っていなくちゃならないことも考えて自分の部屋へ引き揚げる。僕の部屋は薄暗い。僕は布団をかぶって昼寝する。一度も片づけたことのない僕の布団は自分の体の一部みたいで、僕にはそれがとても嬉しい。すぐに眠れることもある。だが、全身がちくちくするようで一向に寝られないこともある。そんなときは何でもいいから一つ主題を決めて、それについて研究した。僕はちょっとじめじめした布団の中で実にいろんな発明もしたし、論文もたくさん書いたのだ。詩もいっぱい書いた。けれどもそんなものは僕が眠ると同時に、僕の部屋に溜まって溢《あふ》れ出しそうなあのぬるぬるの空気の中に石鹸のように溶け込んで跡さえとどめず、しばらく眠って目を覚ました僕は、木綿のぼろや蕎麦がらをいっぱいに詰めた枕さながらの、一束の神経にすぎなかった。

だから僕は、南京虫が何より嫌いだった。それなのに僕の部屋には、冬でも絶えず南京虫が何匹も出た。僕に悩みがあるとしたらそれはもう、この、南京虫を憎む気持ち一つであっただろう。僕は南京虫に嚙まれてかゆいところを血が出るほど搔いた。ひりひりする。それはひそかな快感と言ってもおかしくなかった。そして僕は昏々と眠った。

僕はしかし、そんな布団の中の思索生活から積極的に何かを編み出すなんてことはしない。そんな必要が、そもそも僕にはない。万が一にも僕がそんな積極性のあることを思いついた日には、どうでも妻に相談しなくてはなるまいし、そうすれば必ず小言を言われるのだし――僕は小言を言われるのが怖いというより面倒くさかった。一人前の社会人という資格で何かをやってみることも、妻にくどくどとやりこめられることも。

僕はどんな生き物にも増して怠惰を愛した。できることならこの無意味な人間のお面は脱ぎ捨ててしまいたかった。

---

11　猿股。伸縮性のあるメリヤス生地のパンツ、またはズボン下。

僕には人間社会がぴんとこなかった。生活がぴんとこなかった。すべてが気まずかった。

妻は一日に二回顔を洗う。僕は一日に一回も洗わない。僕は夜中の三時か四時になって便所へ行き、月の明るい夜にはしばらく庭にぼんやりとたたずんでから戻ってきたりする。そのため僕は、この十八所帯の誰かと顔を合わせることはほとんどない。それでいて僕はこの十八所帯の若い女の顔をほとんど全部覚えていた。みな等しく、僕の妻には及ばなかった。

十一時ごろにやる妻の一回めの洗面はわりと簡単だ。しかし夜の七時ごろにやる二回めの洗面にはとても手間をかける。妻の着る服は昼より夜の方が上質で清潔だ。そして昼でも夜でも出かけてゆく。

妻には職業があったんだろうか？　僕は妻の職業が何なのか知らない。もしも妻に職業がないならば、同じく職業を持たぬ僕と同じく外出する必要はないだろうに——妻は出かける。出かけるだけでなく、来客も多い。妻の客が多い日、僕は一日じゅう、自分の部屋で布団をかぶって寝ていないといけない。火遊びもできない。化粧品の匂いも嗅げない。そんな日、僕は意識的に憂鬱なふりをしてみせる。すると妻は僕に金をくれる。五十銭銀貨だ。[12] 僕はそれが嬉しかった。しかしそれを何に使うべきかがわからんから、そのたび枕元に放り出しておいたのが、いつしか貯まってかなりの量になった。ある日それを見た妻が金庫のような形の貯金箱を買ってくれた。僕はそこへ一枚また一枚と銀貨を入れ、鍵は妻が持っていた。その後もときどき貯金箱に銀貨を入れたことを、僕は覚えている。そうしておいて、僕は怠けた。しばらくして妻の髷《まげ》に、見たことのない丸いかんざしが一個、ぷつっと吹き出たにきびのように挿してあったのは、他ならぬこの貯金箱の目方が軽くなったことの証拠だっただろうか。だが僕はついぞ、枕元に置いた貯金箱には手を触れずじまいだった。僕の怠惰はそんなものに注意を向けることさえ嫌がっていた。

妻に来客のある日には、どんなに布団の奥まで潜っていても、雨の日に眠くなるときのようにはすぐに寝つけない。僕はそんなとき、妻にはなぜいつも金があるのか、

12　当時喫茶店で飲むコーヒーが一杯十銭、カフェーなどで飲むビールが一本五十銭だった。

なぜいっぱいあるのかを研究した。

来客たちは、障子の向こうに僕がいることを知らないらしい。妻と僕の間でさえなかなか口にできないような冗談を、平気で言っている。だが、妻に会いに来る客のうち、たいてい三、四人はわりに品のいい方であったといえそうで、夜中の十二時をちょっと回れば必ず帰っていった。彼らの中にはずいぶん教養の足らん者もいたようだったが、そういう者は普通、仕出し料理をとってくれる。それで埋め合わせがついて、おおむねことなきを得ていた。

僕はまず、僕の妻の職業が何であるのか知りたくて、その研究に着手したが、視野が狭い上に知識も足りず、これを解明することは手に余った。僕はついに妻の職業の何たるかを知らずに終わるのか知らん。

妻はいつも新品のポソン[13]ばかりはいていた。妻は飯も炊いた。妻が飯を炊くところを僕は一度だって見物したことがないが、いつも朝晩の飯どきには僕の部屋へ食事を持ってきてくれる。わが家には僕と僕の妻の他に誰もいない。だからこの飯は確かに、妻が自分で炊いたものに違いない。

しかし妻は一度だって自分の部屋に僕を呼んだことがない。僕はいつも自分の部屋で一人で飯を食べ、一人で寝た。飯はとても不味《まず》かった。おかずはひどく侘しかった。僕は鶏か犬の仔にでもなったように、もらった餌を黙ってぱくぱく食べてはいたけれど、内心恨めしく思ったこともないではない。僕の顔色はすっかり青ざめ、痩せこけていった。日ごとに目に見えて生気が失われていった。栄養不良で体のあちこちから骨がごりごり飛び出している。一晩に何十回も寝返りを打たないと、あちこち痛くて寝ていられなかった。

それで僕は布団の中で、いつも妻がばんばん使っている金の出所をつきとめようとしてみたり、障子のすき間からいい匂いをさせている、向こうの部屋の料理は何なのか、ぼちぼち研究してみたりした。全然寝つけなかった。

わかったぞ。妻が使っている金はあの、僕にはまるでふざけた連中としか見えない、わけのわからない客たちが置いていくものに間違いないと僕は悟った。だが、何で彼らは金を置いていくんだ、そして何で妻がその金を受けとらなきゃいけないんだ。こ

13　朝鮮の伝統的な足袋。

の手の礼儀の観念が僕にはまるでわからなかった。

それは単なる礼儀にすぎないのか、でなければ何らかの代価か、報酬だろうか。彼らの目には僕の妻が、同情すべき気の毒な人物に見えるのか。

そんなことを考えていると、僕の頭はまたもや混乱してしまう。眠りに落ちる前に得たこの結論はひたすら不愉快なだけだったが、僕はそれについて妻に尋ねてみたことは一度もない。それはつまり面倒だからでもあったし、ひと眠りして起きると僕はまるで別人のようになり、あれもこれもきれいに忘れてしまっておしまいだからだ。

客が帰っていったり、または夜の外出から戻ってくると、妻は簡素な身なりに着替えて僕の部屋に来る。そして布団をめくり、僕が聞く分にはえらく生きのいいことを言って僕を慰めようとする。僕は苦笑、嘲笑、哄笑《こうしょう》のどれでもない笑いを浮かべて妻のきれいな顔を見つめる。妻もにっこりと笑う。だが、その顔に漂う一抹の愁いを僕は見逃さない。

妻は僕が腹をすかせていることに目ざとく気づいていたはずだ。だが、妻の部屋にある食い残しを僕にくれようとはしない。それはあくまで、僕を尊敬しているからに違いない。僕は、腹は減ってもそのことが頼もしく、嬉しかった。妻が何を喋《しゃべ》っていたのかは覚えていない。ただ僕の枕元で、妻が置いていった銀貨が電灯の明かりにぼんやりと光っているばかりだ。

その金庫の形の貯金箱に銀貨はどれほど貯まったことやら。僕はしかし、それを持ち上げてみたりしなかった。何の欲も持たず、望みも持たず、ボタン穴のような形をしたそのすき間にただ銀貨を落とすだけだった。

どうして客が妻に金をくれるのかが解けない謎であるのと同様、妻が僕に金をくれる理由も僕にはやはり解けない謎だった。たとえ妻が金をくれるのが僕にとって嫌ではなかったにせよ、それはただ銀貨が僕の指に触れた瞬間から貯金箱の口に姿を消すまでの、何ということもない一瞬の触感が好きだっただけで、それ以上の喜びは何もなかった。

ある日僕は、その貯金箱を便所に持っていって捨ててしまった。そのとき貯金箱の中には、いくらだか知らないが、銀貨がけっこう入っていた。

僕は、自分が地球の上に生きていること、僕の生きている地球が疾風迅雷《しっぷうじんらい》の速さで広大無辺の空間を走っていることを思うとほんとうに虚《むな》しかった。こんなに勤勉な地球の上にいたのではめまいでも起こしそうで、すぐにでも降りてしまいたかった。

布団の中でこんなことを考えた後は、その銀貨を貯金箱へ入れることすら面倒だった。あの貯金箱だって、妻が自分で使えばいいのに。実際、貯金箱も金も、妻にだけ必要なもので、はじめっから僕にとっては何の意味もないものなんだから、できることならあの貯金箱は妻の部屋に持ってってくれたらなあと、僕は待っていた。だが妻は持っていかない。自分で妻の部屋へ持っていこうかとも思ったが、その時間は妻への来客が多いので、そんな機会はまるでありゃしない。それで仕方なく、貯金箱を便所へ持っていって投げ捨ててしまったのだ。

僕は物悲しい気持ちで妻の小言を待った。しかし妻はとうとう、僕に何も聞こうとしなかった。聞かないばかりか、相変わらず僕の枕もとへ金を置いていくじゃないか？　僕の枕元にはまたいつの間にか、銀貨がかなり貯まっていった。

客が妻に金を置いていくのも、妻が僕に金を置いていくのも、一種の快感——という以外に何の理由もないのではあるまいかと、僕はまた布団の中で研究を開始した。

快感ならばどういう種類の快感であるかについて、研究を継続した。だけどそんなことは、布団の中の研究では解き明かせそうにない。快感、快感、僕はこの問題に思いのほかに興味を感じた。

妻はむろんいつだって、僕に対して監禁同様の扱いをしてきたのである。そのことに僕が不平を持つはずもない。そうではあったが、僕はその快感というものがあるのかないのか、体験してみたかった。

僕は妻が夜に外出したすきに乗じて外へ出た。街に出ると、忘れずに持ってきた銀貨を紙幣に交換した。五円にもなった。それをポケットへ入れて僕は、目的を見失うという目的を持って、いくらでも街を歩き回った。久々に見る街はほとんど驚異的なまでに僕の神経を興奮させずにおかなかった。僕はすぐに疲れてしまった。だが僕は耐えたんだ。そして夜が更けるまで、目的を見失ったまま、この通りからあの通りへとあてもなくさまよった。もちろん金は一文も使っていない。何に使う気にもなれない。僕はもはや、金を使うという機能を完全に喪失してしまったようだった。

僕は果たしてもう疲労に耐えられなくなり、やっとのことで家に帰ってきた。そして、自分の部屋に行きたいなら妻の部屋を通らなくてはならないことに気づき、妻に客が来てないかと案じながら、引き戸のところでぎこちない空咳《からぜき》を一度してみたところ、これはまた何とも憎たらしいことに窓が開き、妻の顔と、その後ろにいる知らない男の顔がこっちを見つめている。僕は突然に目を射た光がまぶしくてたじろいだ。僕は妻の目を見ることができなかったわけじゃない。だが、知らぬふりをする以外なかったんだ。なぜかって？　だって僕はとにもかくにも、妻の部屋を通らないわけにいかんのだから……。

僕は布団を引っかぶった。何より、足が痛くてたまらない。だが布団に入ったら胸がどきんどきんして、何だかもう気を失いそうだった。歩いているときにはわからなかったが、息が苦しい。背中に冷や汗がにじんでくる。僕は外出したことを後悔した。こんな疲労は早く忘れて眠れたらいいのに。ぐっすりと眠りたいのに。

しばらくの間横になっていると、少しずつ、少しずつ、どくどくと搏《う》っていた胸の動悸がおさまってきた。それだけでもまずは生きた心地がする。僕は寝返りを打ち、まっすぐに天井を向いて足をぐーっと伸ばした。

ところがまたもや否応なく胸の動悸が襲ってきた。妻の部屋で、妻と男が私に聞こえないくらいの小声でひそひそ話す気配が、障子のすき間から伝わってくるのだ。聴覚をさらに研ぎすますために僕は目を開けた、そして息を殺した。しかしそのときにはもう妻と男は立ち上がり、服を身につけ帽子をかぶる気配がしたと思うと間もなく窓が開き、靴のかかとの音がして、人が庭へ降りるトンという音がして、後を追う妻のゴム靴の音が二、三歩すっすっと聞こえ、そして速足になったかと思うや二人の足音は門の方へと消えていった。

僕は妻がこんな態度をとるのを見たことがない。妻が誰かと内緒話なんぞするわけがない。僕は奥の部屋で布団をかぶって寝ているときも、酔っ払って舌のよく回らない客どもの談話を聞き逃すことはあっても、高すぎも低すぎもしない妻の話し声を聞き漏らしたことは今まで一度もない。僕にとって多少耳障りな内容が含まれていたとしても、僕にはそれが淡々として聞こえたという理由だけで十分に安心できたのだ。

妻がこんな態度をとるには何分にも並々ならぬ事情がありそうで、僕はちょっと恨みがましい気持ちになったが、それにも増してあまりに疲れていたので、今日のところは布団の中では何も研究はしないと決心して眠くなるのを待った。なかなか眠くならなかった。門のところまで出ていった妻も一向に帰ってこなかった。そのうちいつしか僕は寝てしまった。夢ではわけのわからぬ込み入った街の風景の中で、相変わらずさまよっていた。

僕はひどく揺さぶられた。客を送って帰ってきた妻が、寝ている僕の体をつかんで揺すっている。僕は目をぱっと開けて妻の顔を見た。妻の顔は笑っていない。僕はちょっと目をこすり、妻の顔をよくよく眺めた。目元から怒りが溢れ出し、薄い唇がわなわなと震えている。この怒りはめったなことで解けそうにない。僕はなすすべもなく目を瞑《つぶ》ってしまった。そうやって、雷の落ちるのを待ったのだ。けれども荒々しい息遣いとともに妻のチマの衣《きぬ》ずれの音がさらさらと聞こえ、障子が開いて閉まると妻は自分の部屋へ戻っていった。僕はまた寝返りを打ち、布団に潜り、蛙みたいに体を伏せ、空きっ腹を抱えて、今夜外出したことを改めて後悔した。

僕は布団の中で妻に詫びた。それはお前の誤解だよと……。

僕は実際、夜もかなり更けただろうとばかり思っていたんだ。お前の言うように、十二時より前だったなんて、ほんとに夢にも思わなかったんだ。すごく疲れていたし。

久しぶりに長く歩きすぎたのが間違いだった。僕の過ちといったらそれだけだよ。でも、何で外出なんかしたのかって？

僕はあの、枕元で勝手に溜まっていった五円を、誰でもいいから人にやりたかったんだ。それだけだ。でも、それさえ僕の過ちだと言うならそういうことにしておこう。僕はこんなに後悔してるんだぜ？

あの五円を使っちまうことさえできていたら、十二時前に家に戻ってきたりしなかったさ。でも、街があんまり混雑していて、人が多すぎて、誰をつかまえてあの金をくれてやったらいいのか僕は見当もつかなかったんだ。そのうちにすっかり疲れてしまったんだ。

僕は何より、ちょっと休みたかった。横になりたかった。それで仕方なく帰ってきたんだ。僕としちゃ、まあまあ夜も更けたものとばかり想像していたんだが、それが不幸にも夜中の十二時より前だったのはほんとに悪かった。すまないことだ。いくらでも謝る。でも、どうやっても妻の誤解を解くことができないなら、そうまでして僕が謝ったところで、何の効果もないじゃないか？　僕は情けなかった。

こうして僕はじりじりと一時間を過ごした。それから布団をばっとはねのけて起き上がり、障子を開けて妻の部屋へよろよろと駆け込んだ。僕はもう、ほとんど意識がなかった。妻の布団の上におおいかぶさり、ズボンのポケットからあの五円の金を取り出し、妻の手に握らせてやったことをかろうじて思い出せるだけだ。

翌日目を覚ましたとき僕は、妻の部屋の妻の布団の中にいた。これが、この三十三番地に住みはじめて以来、妻の部屋で寝た最初の夜だった。

窓の外で太陽ははるかに高く昇っていたが、妻はもう外出して僕の横にはいなかった。いや違う！　昨夜、僕が意識を失っている間に外出したのかもしれない。だが、僕はそんなことを調査などしたくなかった。ただもう全身がだるくて、指一本動かす力さえ残っていなかった。風呂敷より少しだけ面積の小さい陽差しがまぶしい。その中で無数の埃がまるで微生物のように乱舞する。うっと鼻が詰まりそうだ。僕はまた目をつぶって布団をばっと引きかぶり、昼寝に着手した。しかし、鼻をかすめる妻の体臭はなかなかに挑発的だった。僕は何度となく身をよじり、妻の化粧台に並んだあのさまざまな化粧品の瓶と、それらの瓶のふたを開けたときに漂う匂いを思い出そうとして一向に寝つけないのを、どうすることもできなかった。

耐えられなくなった僕は布団を蹴飛ばすと、ぱっと立ち上がって自分の部屋に戻った。僕の部屋にはすっかり冷めた僕の食事がきちんと置かれている。妻は僕の餌をここに置いて出かけたのだ。僕は何しろ腹が減っていた。ひとさじ口に入れたその感触は冷えきった灰を嚙むようで、ものすごく冷たかった。僕はさじを置いて自分の布団に入った。一晩空《から》にしていた僕の布団は、快く僕を喜んで迎えてくれる。僕は自分の布団をかぶって、こんどこそ本当にゆっくりひと眠りした。ぐっすりと。

僕が目を覚ましたのは、明かりが灯った後だった。だが、妻はまだ帰ってきていないらしい。いや、帰ってきてまた出かけたのかもわからない。だがそんなことを突き詰めて何になろう。

だいぶ頭がすっきりした。僕は昨夜のことを考えてみた。あの五円の金を妻の手に渡したときに覚えた快感は、何とも説明のしようがないものだった。しかし来客が妻に金を置いていく心理や、妻が僕に金を置いていく心理の秘密がわかった気がして、僕はたいがい嬉しかった。僕は心の中でにっこり笑ってみた。こういうことを知らずに今日まで生きてきた自分自身が何てばかげて思えることか。楽しくなってきて、肩が弾んで拍子をとりはじめる。

それで僕は今日もまた外出したくなった。だが金がない。僕は昨晩、あの五円を丸ごと妻にやってしまったことを悔やんだ。そして、貯金箱を便所に持ってって放り込んだことも悔やんだ。僕はいささかがっかりしながら、いつもの癖で、あの五円の金が入っていたズボンのポケットに手を入れて探った。すると思いがけず手に触れるものがある。たった二円だ。だが、多けりゃいいというものでもない。いくらかでもあればそれでいい。僕はそれっぽっちのものがとても嬉しかった。

元気が出てきた。僕はあの一張羅のすり切れたコールテンの背広を羽織って、腹の減っていることもすっかり忘れ、羽ばたきするようにしてまた街へ出た。街へ出て僕は、どうか時間が矢のように過ぎて夜中の十二時になってくれないかとじりじり胸を焦がした。妻に金をやってその部屋で寝たのは本当に嬉しかったが、万が一うっかり十二時前に家に帰ってきて妻の険《けわ》しい目に見据えられたら、並大抵の怖さではない。僕は夜の更けるまで路傍の時計を見ながら、またあてもなく街をさまよった。しかしこの日は少しも疲れはしなかった。ただ、時間の経つのがあまりに遅くて切なかった。

京城駅[14]の時計が確かに十二時を過ぎたのを見た後、僕は家に向かった。その日はあの門のところで、妻と妻の相手の男が立ち話をしているのに出くわした。僕は気づかぬふりをして二人の横をすり抜け、自分の部屋に入った。後から妻も入ってきた。入ってくるとこんな真夜中に、普段はやったことのない掃除を始める。ちょっとして妻が横になる気配を耳にするなり僕はまた障子を開けて妻の部屋に行き、あの二円の金を妻の手に急いで握らせてやり、そして――ともあれ今夜もその二円を使わずに持ち帰ってくるなんて本当に変ねと言いたげに、妻は僕の顔を何度もうかがっていたが――ついに妻は何も言わずに僕を自分の部屋に寝かせてくれた。僕はこの喜びを世の中の何物とも替えたくなかった。僕は心おきなくぐっすり眠った。

その翌日僕が目覚めたときも、妻の姿はなかった。僕はまた自分の部屋に行き、疲れた体で昼寝した。

妻に揺り起こされたのは、やはり明かりが灯った後だった。自分の部屋へ来いとい

14　一九〇〇年に設置され、一九二五年にビザンチン式のドームを備えたレンガ造りの駅舎が完成した。当時のモダン建築の代表である。現在は旧・ソウル駅として政府指定の文化財。

うのだ。これはまた初めてのことだ。妻はしきりに顔に微笑を浮かべて僕の腕を引っ張る。僕は、こんな妻の態度の裏に一筋縄ではいかない陰謀が隠れているのではないかと思って、いささか不安を覚えないでもなかった。

僕は妻のなすがまま、妻の部屋に引っ張り込まれた。妻の部屋にはこぢんまりとした夕食の膳が整えられていた。考えてみたら僕は二日というもの、何も食べていない。僕はこれまで、腹が減っていることさえ忘れてぼんやりしていたのだ。

僕は思った。この最後の晩餐を食べるや否や雷が落ちても、僕はいっそ後悔しないだろうと。僕は実際、人の世が退屈すぎて耐えられなかったのだ。何もかもがわずらわしいし、うるさかった。だが、不意の災難というものは、楽しい。

僕は心穏やかに妻と静かに向かい合い、この奇怪な夕食を食べた。僕ら夫婦が会話をするわけはない。食べ終えても僕は黙ったままで、ゆっくり立ち上がると自分の部屋に戻ってしまった。妻は僕を引きとめなかった。僕は壁にもたれて座り、たばこを一本くわえ、そして雷が落ちるなら早く落ちろと思って待っていた。

五分！　十分！──

だが、雷は落ちてこなかった。徐々に緊張はゆるみ、僕はいつしか、今夜も外出することを考えていた。金があったらなあ、と思った。けれども実際、金はない。今日外出したところで、帰ってきた後に何の楽しみがあるもんか。僕はただもう目の前が暗くなった。僕は腹が立ち、布団をかぶってあっちこっちへごろごろと転がった。今しがた食べたばかりの飯がさかんに喉もとへ込み上げてくる。むかむかした。

いくらでもいい、なぜ空から紙幣が驟雨《しゅうう》のように降ってこないんだ。そのことがひたすら恨めしく、悲しかった。僕は金を手に入れる手段をこれしか知らなかった。

僕は布団の中でちょっと泣いたと思う。何で僕には金がないんだと……。

と思ったら、また妻が僕の部屋に来た。僕はびっくりして、きっとこれから雷を落とすんだと思い、息を殺してヒキガエルのように這《は》いつくばった。しかし、開いた唇から漏れ出す妻の声は実に優しかった。情がこもっていた。妻は、僕がなぜ泣いているのか知っていると言った。お金がないからでしょ、と言うのだ。僕はすっかり驚いてしまった。何でそんなに人の心をはっきり見抜いてしまうのか、一方でひそかに怖いと思わぬでもなかったが、そんなことを言うのを見ると、どうやら僕に金をくれる気がありそうだ。もしもそうなら、すごく嬉しいな。僕は布団のぐるぐる巻きの中で、顔も上げずに妻の次の行動を待っていたが、ほら——と僕の枕もとに落としていったのは、その軽やかな音からしてお札に間違いなかった。そして僕の耳に口を寄せ、今日は昨日より少し遅く帰ってきてもいいのよとささやくのだ。そんなことは造作もない。まずはその金が何よりもありがたいし、嬉しい。

僕はとにかく家を出た。僕は少々鳥目《とりめ》である。だからできるだけ明るい通りを選んで歩くことにした。そして京城駅の一・二等待合室の横にあるティールームに入った。それは僕にとって大発見だった。まずは、そこには誰も知り合いが来ない。たとえ来たところで、すぐに出てってしまうのだからいい。僕はひそかに、毎日ここに来て時間をつぶそうと心に決めた。

何より、ここの時計はどこのよりも正確なのだろうからそれがいい。下手に進んだ時計を見て、それを信じて早く家に帰って叱られたりしたのじゃたまらない。

僕は誰もいないボックス席に入り、空席と向かい合って熱いコーヒーを飲んだ。あわただしさの中にあっても、旅客たちは一杯のコーヒーを楽しみたいらしい。さっさと飲んでしまい、ちょっと考えごとでもするように壁を見ていたかと思うとすぐに出てしまう。わびしい。でも僕にはこのわびしさが、街なかのティールームの落ち着かない雰囲気よりも切実で、気に入った。ときおり聞こえてくる鋭い、または力強い汽笛の音に、モーツァルトよりも親しみを感じる。僕はメニューに書いてあるわずかな飲食物の名前を下から読み、上から読み、何度も読んだ。ちらちらと霞むそれらの文字はどことなく、子供のころの友達の名前が並んだ様子に似ていた。

そこで僕はどれくらい座っていたか、ぼーっとしている間に客がまばらになっていき、あちこちの隅で席を片づけはじめたのを見るとおそらく店が閉まる時間らしい。十一時をちょっと回っただろうか、ここも決して僕の安住の地ではないんだな。どこで夜中の十二時を過ごそうか、あれやこれやと気をもみながら僕は外へ出た。雨が降っている。かなり大粒の雨だ。雨がっぱも傘も持たない僕をいじめるつもりだな。だからといってこんな奇妙な格好で、このホールでぐずぐずしているわけにはいかず、えい、濡れなば濡れよとばかり僕はひと思いに外に飛び出してしまった。

15 京城駅の一階の待合室にはティールームが、二階には京城初の洋食レストラン「グリル」があった。

とても寒くて耐えられない。コールテンの服が濡れ、やがて中まで雨が染み込んできてびしょびしょだ。濡れてもいいから、耐えられるところまで街を歩き回って時間をつぶそうと思っていたが、寒くてもうこれ以上は耐えられない。しきりに悪寒《おかん》がして、がちがちと歯がぶつかる。

僕は足を速めながら考えた。今日みたいな天気の悪い日に妻に来客があるだろうかと。ないだろうという気がする。家に帰ろう。運悪く妻に来客があったら、事情を話して入れてくれと頼もう。ちゃんと頼めば、そしてこんな雨が降ってるのを目で見れば理解してくれるだろう。

だが急いで帰ってみると、妻には来客があった。僕はただもう寒くてびしょ濡れで、うっかりノックするのを忘れていた。そのため僕は、妻が見られたら嬉しくないだろうことを見てしまった。僕は巻脚絆をつけたときのような足跡を床に残しながら妻の部屋をぴょんぴょん跳んで通り抜け、自分の部屋に行き、びしょ濡れの服をせわしく脱いで布団に潜った。がたがたがたがた震えていた。悪寒がだんだん強くなる。地面がどんどん沈んでいくような気がする。僕はとうとう意識を失ってしまった。

翌日僕が目を覚ましたとき、妻は僕の枕元に座って心配そうな顔をしていた。僕は風邪をひいていた。まだぞくぞく寒気がし、頭が痛く、口に苦い生唾が湧き、手足に力が入らずだるかった。

妻は僕の額にさっと手を触れてみて、薬を飲まなくちゃと言う。額に触れた妻の手が冷たいところから推して、熱はかなり高いようで、薬を飲むなら解熱剤だなと内心思っていると、妻がお湯と白い錠剤を四個くれた。これを飲んでしばらくぐっすり眠れば大丈夫だそうだ。僕はさっと受け取って飲んだ。この苦さは多分、アスピリン[16]だろう。僕はまた布団をかぶって、すぐさま死んだように眠ってしまった。

僕は鼻水をぐすぐすさせながら、何日も寝込んでいた。病気の間じゅう、欠かさずにあの錠剤を飲んだ。そのうちに風邪も治った。しかし口の中はまだ苦い味がした。

僕はだんだんまた外出したくなってきた。しかし妻は外出するなと言う。この薬を毎日飲んでおとなしく寝ていろと言う。よけいな外出などするからこうして風邪をひいて、私を苦労させるんでしょう、と言うのだ。それもそうだ。じゃあ外出はしないよと約束して、その薬を飲み続けて養生しようと、僕は思った。

16　バイエル社が開発し、現在も使われている代表的な解熱鎮痛剤。

僕は毎日布団をかぶって夜も昼も寝ていた。不思議なことに、夜も昼も妙に眠くてたまらないのだ。こんなにやたらと眠くなるのは前より体がずっと丈夫になった証拠だと、僕は固く信じていた。

多分一ヶ月ほどこんなふうにして過ごしたと思う。髪の毛と髭が伸びすぎ、うっとうしくてたまらず、ちょっと鏡を見てみようと、妻が外出したすきをねらって僕は妻の部屋に行き、化粧台の前に座ってみた。相当なもんだ。髭も髪の毛もぐちゃぐちゃだ。今日は散髪をしようと思い、ついでに化粧品の瓶のふたを開け、あれこれ匂いを嗅いでみた。しばらく忘れていた香りの中からは、幾重にも身がよじれるような強い体臭が伝わってくる。僕は妻の名前を心の中でだけ一度呼んでみた。「蓮心《ヨンシム》[17]！」と……。

久しぶりに虫めがねでいたずらもやった。鏡遊びもやってみた。窓から入る陽差しはとても暖かかった。そういえばもう五月なんだものな。

僕は大きく一度伸びをして、妻の枕を取って頭を乗せ、ごろりと横になり、こんなにも安らかな楽しい歳月を神様にたっぷり自慢してやりたかった。僕は本当に世の中の何物とも没交渉なんだ。神様だって、僕を褒めることも叱ることもおできにはなるまい。

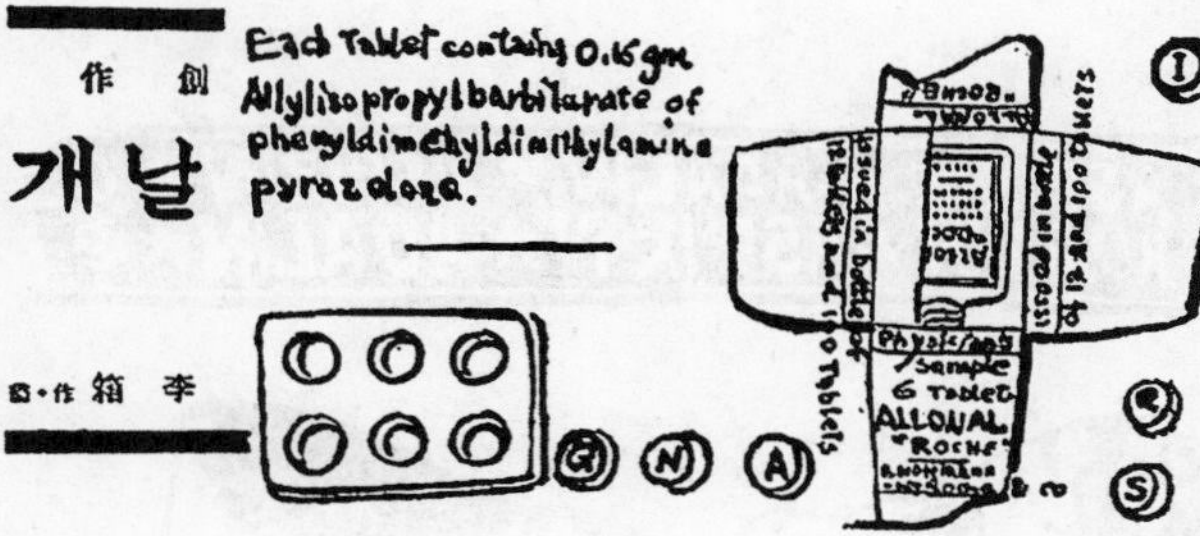


「翼」初出時にタイトルページに用いられた李箱自筆の挿画。薬の箱を展開したところの模写と、錠剤のシートが描かれている。この薬は小説中に出てくるアスピリンでもアダリンでもなく、当時一般的に用いられていた「アロナール・ロシュ」という薬で、アスピリンとアダリンの両方の効能を併せ持っている。そこから、アスピリンとアダリンをめぐる主人公と妻の葛藤を止揚あるいは無化する意図とも読み取れる。
上部には「Each Tablet contains〜」で始まる効能書きが記され、展開図の周りには李箱の名前を表すRISANG（「李」は現在は「イ」と発音するが本来は「リ」である）というアルファベットが順不同に並んでいる。

「翼」初出時に本文内に用いられた李箱自筆の挿画。横たわった上半身裸らしき人物の前に十三冊の本が少し開いた状態で置かれ、「ASPIRIN★ADALIN」という文字が配されている。右端のRとSは李箱のイニシャル。

しかし次の瞬間、世にも奇妙なものが目に入ってきた。それは睡眠薬アダリン[18]の箱だった。僕はそれを妻の化粧台の下から発見し、まるでアスピリンみたいだと感じて箱を開けてみた。ぴったり四錠なくなっている。

僕は今朝、四錠のアスピリンを飲んだことを覚えている。そして僕は眠った。昨日もおとといも先おとといも——僕は眠くて仕方がなかった。僕の風邪はすっかり治ったのに、妻は僕にアスピリンをくれる。僕が眠っている間に隣で火事が起きたことがある。そのときも僕は寝ていて知らなかった。僕はそれほどぐっすり眠っていたのだ。一ヶ月もの間、アスピリンだと思ってアダリンを飲んできたのか。これはちょっとひどすぎる。

急にくらっとして、危うく気が遠くなりそうになった。僕はそのアダリンをポケットに入れて家を出た。そして山の方へ登っていった。人の世のものは何も見たくなかったのだ。歩きながら僕は、できるだけ妻に関することは一切考えまいと努力した。

17　李箱の恋人だった妓生《キーセン》（芸妓）、錦紅《クムホン》の本名と伝えられる。解説の二六一頁も参照。

18　ドイツのバイエル社製造で、主に催眠剤として当時よく使われた催眠鎮痛剤。

道端で卒倒しそうだったからだ。僕は、どこか陽当たりのいい場所を選んで静かに妻のことを研究するつもりだった。道端の溝、咲いたところを見た覚えのないれんぎょうの花が散ったところ、雲雀《ひばり》、石ころでさえ子をはらむとかいうありえないお話、そんなことばかりを僕は考えた。幸い僕は卒倒はしなかった。

そこにはベンチがあった。僕は静かにベンチに座り、アスピリンとアダリンについて研究してみた。だが頭がすっかり混乱して、考えが体系立ってこない。わずか五分もしないうちに僕はすごく面倒くさくなり、いらいらしてきた。僕はポケットから持ってきたアダリンを取り出し、残りの六錠を一度にぼりぼり嚙み砕いて飲み込んだ。笑ってしまいそうな味だ。それから僕はベンチの上に長々と横になった。どういうつもりでそんな真似をしたんだろう？　わからない。ただ、そうしたかったのだ。そこで僕は深く眠った。夢の中でもぼんやりと、岩の間を流れるちょろちょろという水音が聞こえてきた。

僕が目を覚ましたのはすっかり夜が明けた後だった。僕はそこで一昼夜も眠っていたのだ。景色がひたすら真っ黄色に見える。その中で、稲妻のようにアスピリンとアダリンのことがひらめいた。

アスピリン、アダリン、アスピリン、アダリン。

マルクス、マルサス[19]、マドロス[20]、アスピリン、アダリン。

妻は一ヶ月の間、アダリンをアスピリンと偽って僕に飲ませていた。妻の部屋からこのアダリンの箱が発見されたことから考えて、あまりに確かじゃないか。

どういう目的で妻は、夜も昼も僕を寝かしておかなくちゃいけなかったんだ？

僕を夜も昼も眠らせておいて、それで僕が寝ている間に妻は何をしたんだ？

僕をじわじわ殺そうとしていたのか？

だが思い直せば、僕が一ヶ月間ずっと飲んできたのはアスピリンだったのかもしれない。実は妻は何か悩みごとがあったかして、夜眠れないので、自分でアダリンを飲んでいたのじゃないだろうか、だったら実にすまないことだ。僕は妻をこんなに深く疑ったことを悔やんだ。

そこで僕は急いでベンチから降りた。下半身がふらつき、めまいがしてくらくらし

19 イギリスの経済学者。著書『人口論』で有名。
20 船員を指すオランダ語。

たが、やっとのことで家を目指して歩いた。八時近かった。

僕は自分の思い違いを洗いざらい妻に告白して謝ろうと思っていた。だがあまりにあわてていたので、またもや黙って家に入ってしまった。するとまあ、大変なことになっちまった。僕は、決して見てはいけないものをこの目でしっかり見てしまったのだ。僕はあわてふためき、すぐに引き戸を閉め、めまいを鎮めようとしばらく下を向いて目をつぶり、柱につかまって立っていたが、一秒の猶予もなく窓がさっと開いたかと思うと、あられもない格好の妻がいきなり現れて僕の胸ぐらをつかんだのだ。僕はただもうめまいがしてその場に倒れてしまった。すると妻は倒れた僕におおいかぶさり、僕の体にあたりかまわず嚙みつくのだ。痛くてたまらない。僕は実のところ反抗する意思も力もなく、つっ伏したままでどうなることかと思っていると、続いて後ろから男が出てきたかと思うと、妻をひと抱えに抱き上げて部屋へ入っていく。妻が何も言わずおとなしく抱かれていくその様子、僕にとってこんな憎らしい眺めもそうあるもんじゃない。こんな妻は大嫌いだ。

妻は、あんたは夜中じゅうこそ泥でも働いてるのか、女遊びをしてるのかと怒鳴り散らす。これはほんとにあんまりだ。僕は呆《あき》れ返って、ひと言もものが言えなかった。

お前の方こそ僕を殺害しようとしたじゃないかと怒鳴ってやりたかったが、そんな不確かなことをうっかり口にしようものなら、どんな目にあわされるかわからない。悔しくても黙っているのがまずは上策と思い、とはいえいったいどうしてそんなことをしたものだか、僕は服をはたいて立ち上がると、ズボンのポケットに残っていた何円何十銭だかをそっと取り出し、静かに戸を開けると敷居の下にこっそりそれを置き、そのまま一息に駆け出してしまったのだ。

　何度となく車にはねられそうになりながら、それでも僕は京城駅にたどりついた。空席の向かいに座って、この苦々しい後味を消すために何でもいいから口に入れたかった。

コーヒー——それもよし。だが京城駅のホールに一歩足を踏み入れたとき、僕はポケットに一文もないのを忘れていたことに気づいた。また目の前が暗くなった。ここはどこなのだろう、僕はただぐったりして、おろおろして、途方に暮れるばかりだった。魂の抜けた人間みたいにこっちへ行ったりあっちへ行ったりして……。

　どこからどこへ無闇にほっつき歩いたものだか、一つも覚えていない。ただ、何時間かして自分がミツコシ[21]の屋上にいることに気づいたときには、ほとんど真昼になっていた。

僕は屋上の適当なところに座り込み、自分の生きてきた二十六年間を振り返ってみた。朦朧《もうろう》とした記憶の中からは、それらしい主題など一つも出てこない。

僕はもう一度、自分自身に尋ねてみた。お前には何か、人生に対する意欲はあるのかと。だが、あるともないとも、そんなことは答えたくなかったんだ。僕にはもうほとんど、自分の存在を認識することさえ難儀であったから。

腰をかがめて僕は金魚なんぞを眺めていた。金魚はどれもこれもよく育っている。小さいのは小さいのなりに、でかいのはでかいのなりに、みんな元気で、見ていて楽しい。降り注ぐ五月の陽差しを受けて、金魚たちは鉢の底に影法師を落とす。ひれがゆらりゆらりと手巾《はんかち》を振る真似をする。僕はひれの数を数えてみたりして、かがめた腰を一向に伸ばさなかった。背中がぬくぬくする。

僕はまた灰色に濁った街を見下ろした。そこでは疲れた生活がまるで金魚のひれのようにゆらりゆらりとうごめいていた。目に見えないべとべとする縄がからまって、そこから抜け出せないのだ。僕は疲労と空腹で倒れそうな体を引きずって、あの灰色の街の中へ入っていかずにはすまされないのだということを考えた。

立ち上がって、ふと考えてみた。この足が今、どこへ向かっているのかを……。

そのとき僕の目の前に、雷が落ちるように妻の首がどすんと落ちてきた。アスピリン、アダリン、と。

我々は誤解しあっているのだ。まさか妻がアスピリンでなく、アダリンの定量を僕に飲ませてきたというのか？　僕はそんなことを信じるわけにいかない。そんなことをする理由は妻にはないのだから。

だって僕が夜中に泥棒でもやったか、女遊びをしたか？　絶対にそんなことはない。

僕ら夫婦は宿命的に足のそろわぬちんばなのだ。僕も妻も、自分の挙動をロジック[22]でこじつける必要はない。弁解の必要もない。事実は事実のまま誤解は誤解のままで、ただどこまでもよろよろと世の中を歩いていくのだ。そうじゃないかい？

だが僕は、この足が妻のもとへ帰るのがいいのかどうか、それだけは決めかねた。

---

21　三越百貨店京城店。一九三〇年に、日本人街の中心部である「本町一丁目」に建てられた朝鮮半島初のデパートであり、ゴシック様式の洋館建築。現在も新世界百貨店旧館として使われている。

22　原文は「ジック」、論理のこと。

帰るべき？　どこへ帰るべき？

このとき、ポーと正午のサイレン[23]が鳴った。人という人がみな、鶏がばさばさと羽ばたきをする姿のごとく両手両足を伸ばし、すべての硝子《ガラス》、鋼鉄、大理石、紙幣、インクがぐつぐつと沸き返り、がなり立てているかのようなこの刹那、まさに燦爛たるこの正午。

にわかに脇がかゆくなる。あはァ、これは僕に人工の翼が生えていた痕だ。今はもうない僕の翼。頭の中で、希望や野心という言葉が抹消された本のページが、辞書をめくるようにちかちかと点滅する。

僕は立ち止まり、そしてまあ、こんなふうに叫んでみたかったのさ。

翼よ、生えてこいよもう一ぺん。

飛ぶんだよ、飛ぶんだ、もう一ぺんだけさ。

もう一ぺんだけ飛んでみようじゃないか。

（『朝光』一九三六年九月号）

23 当時、朝鮮総督府は午前九時、正午、午後六時にサイレンを鳴らしていた。朝鮮の標準時は一九一二年に日本東京標準時に合わせて改定されたものであり、サイレンは朝鮮統治の象徴ともいえる。

# 〈日本語詩〉線に関する覚書1

| 0 | 9 | 8 | 7 | 6 | 5 | 4 | 3 | 2 | 1 | |
|---|---|---|---|---|---|---|---|---|---|---|
| · | · | · | · | · | · | · | · | · | · | 1 |
| · | · | · | · | · | · | · | · | · | · | 2 |
| · | · | · | · | · | · | · | · | · | · | 3 |
| · | · | · | · | · | · | · | · | · | · | 4 |
| · | · | · | · | · | · | · | · | · | · | 5 |
| · | · | · | · | · | · | · | · | · | · | 6 |
| · | · | · | · | · | · | · | · | · | · | 7 |
| · | · | · | · | · | · | · | · | · | · | 8 |
| · | · | · | · | · | · | · | · | · | · | 9 |
| · | · | · | · | · | · | · | · | · | · | 0 |

（宇宙は冪《べき》[1]に依る冪に依る）
（人は数字を捨てよ）
（静かにオレを電子の陽子にせよ）

スペクトル

軸X　軸Y　軸Z

速度etcの統制例へば光は秒毎三〇〇〇〇〇キロメートル逃げることが確かなら人の発明は秒毎六〇〇〇〇〇キロメートル逃げられないことはキットない。それを何十倍何百倍何千倍何万倍何億倍何兆倍すれば人は数十年数百年数千年数万年数億年数兆年の太古の事実が見れるじゃないか、それを又絶えず崩壊するものとするか、原子は原子であり原子であり原子である、生理作用は変移するものであるか、原子は原子で

1　数学において、同じ数の相乗積を表す。

なく原子でなく原子でない、放射は崩壊であるか、人は永劫である永劫を生き得ることは生命は生でもなく命でもなく光であることであるである。

嗅覚の味覚と味覚の嗅覚

(立体への絶望に依る誕生)
(運動への絶望に依る誕生)
(地球は空巣である時封建時代は涙ぐむ程懐かしい)

一九三一、五、三一、九、一一

(『朝鮮と建築』一九三一年十月号)

〔詩〕鳥瞰図　第十五号

一

俺は鏡のない室内にいる。鏡の中の俺もやはり外出中だ。俺はいま鏡の中の俺が怖くて震えている。鏡の中の俺はどこかで俺をどうにかする陰謀を企てている最中なのか。

二

罪を抱いて冷たい寝床で寝た。確かな俺の夢に俺は欠席し、義足をはめた軍用長靴が俺の夢の白紙部分を汚していく。

三

俺は鏡のある室内にそうっと入り込む。俺を鏡から解放するために。だが鏡の中の俺は沈んだ顔できっと同時に入ってくる。鏡の中の俺が俺に謝罪の意を伝えてくる。俺が奴ゆえに閉じ込められているように、奴も俺ゆえに閉じ込められている。

四

俺が欠席している俺の夢。俺の偽造が登場しない俺の鏡。無能でも構わない俺の孤独の渇望者。ついに俺は鏡の中の俺に自殺を勧める決意をする。俺は奴に視野のない窓を指し示す。その窓は自殺のためだけにあるのだ。だが俺が自殺しない限り奴も自殺できないことを、奴が俺に教えてくれる。鏡の中の俺は不死鳥に近い。

五

左胸、心臓の位置を防弾金属でおおってから、俺は鏡の中の俺の左胸を狙って拳銃を発射した。弾丸は奴の左胸を貫通したが、奴の心臓は右胸にある。

六

模型の心臓から赤インクがしたたり落ちた。俺が遅刻した俺の夢から俺は極刑を受けている。俺の夢を支配するものは俺ではなく、握手すらかなわない二人を封鎖する巨大な罪がある。

（『朝鮮中央日報』一九三四年八月八日付）

# 〔小説〕蜘蛛、豚に会う

# 1

その晩、彼の妻は階段から転がり落ち——いたずらに明日を思い煩うことなかれ、[1]とある賢いお方が教えてくださった。そうだろうとも。彼は一日を一日分ずつ存分に生きている。この手の福音に調子を合わせて、唖《おし》みたいに（だまされちゃいかんよ）黙っているのだ。そうやって存分に生きるのだ。妻に尋ねることなんぞあるものか。尋ねないから妻は答えもしないし、だからこの夫婦は植物みたいに静かだ。でも植物じゃない。植物どころか動物でもない。というわけで彼はこのミカン箱ほどの部屋に何の因果で、いつからこうして住むことになったのだかまるで記憶にない。

　今日の次に今日があること。明日のちょっと前に今日があること。そんなことはもう気にしないことにして、ただどこまでも今日、今日、今日と今日が続いていき、目隠しされた馬車馬さながら、その視野はぶった切られている。目を開ける。するとこんどは現《うつつ》が見える。夢の中では現を夢見て、現の中では夢を夢見て、そのどちらもが面白い。午後四時が朝に置き替えられる――これが朝なのか。毎日がこうだ。だがもちろん、彼にとってはすべてが一度きりだ（とある巨大な母体が僕をここへ運んできて捨てたのだ）――ただもう際限なく怠けることだ――人間の務めを果たすふりをしつつも、さていったいどれほど精一杯怠けられるかやってみよう――怠けるぞ――もう際限なく怠けるぞ――周囲がやかましくたって知ったことか、ただもう怠けてさえいればそれでいいのだ。生きて、怠けて、死ぬ――曰《いわ》く、生きるなんてごくたやすいことだ。午後四時。他の時間はみんなどこへ行ったんだ。それがどうだっていうのだ。一日が一時間もなくたって、気をもむことなんかあるものか。

また蜘蛛《くも》だ。妻は絶対蜘蛛、だと彼は信じている。あいつがさっさと本来の姿になって蜘蛛の本性を現してくれたらな――だが、蜘蛛を銃で撃ち殺したという話は聞いたことがない。普通は足で踏み殺すのだろうが、靴をはくのはおろか、起き上がることさえ嫌なのだ。だから同じことだ。だってこの部屋に彼の他に何がいるというん

1 新約聖書のマタイによる福音書六章三十四節「だから、明日のことまで思い悩むな。明日のことは明日自らが思い悩む。その日の苦労は、その日だけで十分である」による。

だ——骨ばかりの体だから血管がどくどく搏《う》つのがはっきりわかるし、布団の外に出した腕はサッパ[2]のようにとげとげで——部屋そのものが蜘蛛なのだ。彼は蜘蛛の中で平べったくなって寝ている。蜘蛛の匂いだ。この蒸し蒸しする匂いは、あはァ、蜘蛛の匂いだ。部屋が、蜘蛛なら蜘蛛らしく務めを果たそうと凶悪な匂いを放っているのに違いない。だが、彼は妻が蜘蛛であることをよく知っている。だからそのままにしておく。そしてせっせと怠けて、妻——である蜘蛛人間——に、肉体という地位（あるいは隙）を与えないようにする。

部屋の外で妻はがさごそやっている。明日の朝食には早すぎるが、といって今日の朝食には遅すぎる朝食をこしらえている。彼がえいやっと雨戸を閉める（敏捷に）。室内から色紙を貼ったたんすが消えている。たんすは実に醜い。そもそも世帯道具というものが嫌だ。こんなもの、どうしろっていうんだ。何で今日があるんだ。今日という日があるからたんすを見なくちゃならんのか。雨戸を閉めると暗くなる。まだまだ引き続き怠けるぞ。今日という日も、たんすも消えてしまえとばかりに。

だが妻にしてみりゃそれは驚きだ。夫が——雨戸を閉めるなんて——寝ているはずの夫が雨戸を閉めるなんてどういうこと——おしっこがしたいのかな——どこかかゆいのかな――そもそもこの御仁、何でまた目を覚ましたんだろう。ほんとに不思議なのは――何であんなふうに生きているのかということだけど――生きているのも不思議なら、寝るなんてもっと不思議だ。何であんなに寝るの？　あんなにいっぱい寝られるの？　こういうことのすべてがありえないことだ。

夫。どこからどこまでが夫婦なんだか――夫といったってねえ――妻ともいえないような妻なのに妻ってことにしかならなくて、だけどこの夫が妻に何をしてくれたっていうの――壁になって風でもよけてくれたかしら。改めて考えてみたら本当に恐ろしいとでもいうように――本当に恐ろしかったのだろうが――閉まっている雨戸をさっさと開けて、いつ聞いても初めて聞くような声でここぞとばかり話しかける。あなた――今日はクリスマスよ――春の日みたいにあったかいから（これがそもそもの禍根なんだが）お髭でも剃りなさいよ。

彼の頭からはあのやっかいきわまる蜘蛛の脚のことが一向に消えず、そこへもってきてクリスマスという一言を聞くと実にひやっとする。何でまたこの妻と夫婦になっ

---

2　ニシン科の魚。ママカリとも。腹縁に稜鱗《りゅうりん》という中央部が鋭角に曲がったうろこが並ぶ。

てしまったんだろう。妻が彼についてきたのは事実だが、何でついてきたのか？　いや違う。ついてきたのはいいが、何でその後、出ていかなかったんだよ——それははっきりしている。何で出ていかなかったのかがはっきりしたとき——それは彼らが夫婦関係になって一年半ほど経ったときだ——妻は出ていった。そして彼には妻が何で出ていったのかがわからなかった。だからとうてい妻を捜しようがなかった。ところが妻はまた戻ってきた。なぜ戻ってきたかが彼にはわかった。そして今、妻がなぜ出ていかないか彼は知っている。これは明らかに、なぜ出ていくのかを彼に気づかせずにまた出ていく兆候に違いない。つまり経験に従えばそうなのだ。だからといって、なぜ出ていかないのかに気づいていないふりをするわけにもいかない。たとえまた出ていくとしても、彼はなぜ妻が帰ってこないのかよくわきまえているのだから、またひょっこりと戻ってきてくれないかと願ってみたりする。

髭を剃って厳重に戸締まりをして家を出た。確かにクリスマスではあるが、春の日のように暖かかった。太陽はここしばらくの間にぐっと成長したかに思われた。まぶしいし——それに体もかさかさに乾燥してるし——歩くのは辛く、分厚い壁におおわれたビルディングを見上げているとそれだけですっかり息切れがする。

妻の白い靴下が赤銅色の毛糸の靴下に変わっている——室内にこもりきりの彼に、季節はせめてそんな方法で自分の名を告げていく。冬だ——秋が行ってしまうより早く迫ってきた冬に向かって、初めての挨拶のような咳をする。春の日のように暖かい冬の日——多分こういうのが世に言う公休日というものではないだろうか——しかし風は頬にも鼻にも冷たく吹きつける。あんなに忙しそうに息を切らせている人間、重い桶、荷物、靴、猟犬、荒々しく叱りつける声、開かない窓枠、何もかもが耐えがたくうっとうしい。息が詰まる。どこか行ってみようか。

〈A取引店〉[3]〈思い出すあの名刺〉〈呉《オ》君〉〈自慢すんじゃねえ〉〈給料日は二十四日だったかな〉彼は連れでもいるかのように腕を大きく振りながら、あちこち継ぎはぎして作ったような薄っぺらい造りのA取引店の塀の回りをぐるぐる回り、この中には何があるのかと考える。空気か？　ぎすぎすした空気なんだろうな。肉を削ぎとるような空気だよ——やっぱり普通の空気ではなかった。目は血走り——電話はまるで真っ赤に燃えているみたいで——弱りきった彼の体はすぐにでも焼けてしまいそうだ。

3　現在でいう先物取引に関する業務を行う事務所。九五頁の注15も参照。

　呉は、回転椅子に瓶のふたみたいに張りついていた。夢を見ているような気がする。呉は帳簿をめくって住所氏名を一つ一つ書き込みながら、相変わらず美男のままで生き生きと生きていた。調査部という札のかかった部屋をまるまる一人占めして、部屋の四隅には方眼紙に描いた絵ならぬ絵がびっしり貼ってある。「あんなのをいっぱい研究したら、たいがいの値動きは予想がつくんだろう」「この道に精通してくると、金が金に見えなくなってくらぁ」「金に見えないだなんて、それじゃ方眼紙に見えるかい？」「方眼紙？」[4]「そうだよ、相場には精通したんだろ？」「フフン──僕はまた絵が描きたくなってきたんだよ」。だが、呉もここの仕事が務まるようになるまでにはすっかり痩せないわけにはいかなかったようだ。酒のせいかな──それとも女？　呉は自分自身を完全に表にさらけ出しているみたいだ。ちょうど彼が呉の前でも世間の前でも、彼自身を幾重にも閉ざしているのと同じくらいに。おい、どうしたんだ、僕は蜘蛛なんだよ。鉛筆みたいに痩せていき──血管には血が流れてない──思考停止したって頭は消えないが──がちがちに塞がった頭──鼻のない思考──蜘蛛と、そして蜘蛛の中からは出てこないもの──見通しのつかないもの──酔ってるもの──正気じゃないもの──部屋だ──ポソンみたいな形の部屋だ。[5]

妻のせいだ。妻が蜘蛛だからだ。

呉は住所氏名の記入を中止して、彼にタバコを差し出した。すると煙の向こうでドアが開いた(退社時間か)。太っちょが一人、馬のように駆け込んできた。太っちょ紳士は手短に呉と挨拶をかわす。すらりとした呉は声が太く、太っちょ紳士の声はか細い、そういう組み合わせでやりとりされる新鮮な会話だ。「社長はお出かけで?」「ええ——そうです、二百人とちょっとですな」「大丈夫です。先にいらっしゃるのでしょう」「一時間ほど前に行きますよ」「エート、エート、エット、エット、じゃあそうしておきましょう」「もうお帰りですか」。

どたばたと出ていこうとして太っちょ紳士は、傍らに座った彼をちらりと見て振り向き、もう出ていくかと思いきやまたちらりと見る。彼は——自分から挨拶したらどうなるかとためらいつつも、ついうっかりしてぺこりとお辞儀をしてしまった。これはまた何という恥さらしなざまだろう。太っちょ紳士は挨拶されたまま、ただにっこ

4　相場の変化を記したグラフを指す。

5　ポソンは朝鮮の足袋。足首の上、ふくらはぎの下ぐらいまでの深さがある長靴形で、⅃のような形をしており、部屋の形がそれに似ているという意味。

り笑っただけで出ていってしまった。これはまた何たる侮辱だろう。

　この太っちょ紳士、いったい誰だったっけと考えている彼の耳に「どうなさいますかな」という一言が蘇《よみがえ》ってきてわんわんと鳴る。どうたあ何がどうなのだか——おい待てよ、誰だったっけも何もないもんだ——そうだ、そうだよ、あの太っちょ紳士はまさに彼の妻が働いているカフェー[6]R会館の主人じゃないか。

　妻が帰ってきたのは三、四ヶ月前のことだった。帰ってきて、今後は自分が彼を食わせていくというのだった。前借の百円[7]を受け取るとき彼は妻に連れていかれて、あの太っちょが見ている前でハンコを捺《お》した。あのときユカタ姿で見おろされて感じた屈辱を今日も忘れられようか。なのに彼はそれが誰だか思い出すよりも先に、あの太っちょに頭を下げたんだ。今さっき。今さっき。骨身に染みてしまったのかな、ねじ曲がった根性が——知らずにやったことだと言えば話が通るかな？　そんなわけはない。何と言い訳すべきだろう。エイッ！　エイッ！——いっそもう、何も考えないことにしよう——そうしよう。だが彼の頬はかっかと火照る。甘酢っぱい涙が流れてくる。蜘蛛——どう見ても彼自身が蜘蛛だ。煙管《きせる》の吸い口みたいにがりがりに痩せていく妻を吸いつくす蜘蛛はお前自身だと気づくがいい。僕が蜘蛛なんだ。生臭い匂いをぷんぷんと放つ口だ。だけどそれなら、妻は彼から何も吸い取っていないだろうか。ほら見てみろ——この青ざめた髭剃り跡を——落ちくぼんだ目を——栄養素だって減ってしまって、ちゃんと体に行きわたっているのかいないのか形容のしようがないぞ——そうだろ。妻が蜘蛛なんだ。蜘蛛でないわけがあるか。では二人とも蜘蛛で、蜘蛛が二匹というわけか。お互いをしゃぶりつくしているのか。そうやってどこへ行こうというんだ、顔つき合わせて痩せていく理由は何なんだ。そしてある朝、骨が皮膚を突き破って飛び出すのかもしれん——掌ほどの妻の額には汗が流れている。彼は妻の額に手を当ててやりはするものの、それでもまだ残忍に妻を踏みつけている。踏まれた妻は三更[8]にネズミの鳴くような声を上げてぺしゃんこにつぶれたりする。明日

6　一九三〇年代の朝鮮では日本式のカフェーが最盛期を迎え、京城はカフェーブームとなった。そこはダンスやジャズといった西欧文化と女給の日本式源氏名や日本製ビールなどが混淆する世界であり、女給たちによる性的サービスが提供されていた。

7　当時カフェーで働く女給はまとまった前借金を借りることが多かった。当時工場で働く女性労働者の月給が十円～二十円であったといわれ、百円はかなりの額である。

8　一夜を五分したうち三番めの時刻を表す。午前零時前後の二時間に当たる。

の朝には紐をほどいて開けられる巾着袋みたいに。それでもヒマ[9]のように華やかな花は咲く。部屋は毎晩洪水で、翌日にはごみがたっぷり一山も出て――妻はこのずっしり重いごみを抱えて朝遅く――午後の四時だ――庭に下り、彼の分も代理で二人分の太陽を見て戻ってくる。

　妻は一本の線みたいに細く縮んでいく。鉄のように毒々しい花――毒々しい蜘蛛――戸を閉めよう。彼は生命にふたをして、つきあいをするという人間らしい習慣をやめ、彼自身を閉ざしてしまった。すべての友から――すべての関係から――すべての希望から――すべての欲から――そしてすべての罵倒から離れて――ただ部屋の中にいるときだけ彼は元気に発狂できた。わかめをすすり込むみたいに栄養を吸い取ることもできた。そんな息づかいのせいでしょっちゅう電灯が消えた。部屋は夜ごと疲れきってついに発病するが意地を張って耐えている。室内は昏倒する。家のすぐ外まで世間が来ている――いくら待っても彼は出かけない。掌ほどのガラス窓から、堂々と歩いて行ってしまう歳月を眺めているだけだ。だが夜は、そんな切れっ端のようなガラス窓さえさっさと閉めてくれる。そんなことではだめだよと。

　そして呉は、彼の情けないざまを見てられないというように上げ窓のシャッターをおろした。さあ、出かけよう。彼は出かけたくなかった、そのまま自分の部屋に帰りたかった。（六円の借間）（部屋には部屋しかない）（部屋は気楽）帰っちゃいけないかな。「あの太っちょとどういう関係なんだ？」「ちょっとな」「ちょっととは？」「ちょっとだよ」「親しいのか」「まさか——そもそもありゃ誰なんだ」「あれか——ありゃカブ屋[10]だよ——うちの店とは一万円も取引がある」「ふーむ」「ドブから龍が生まれた[11]ってやつだな」「ふむ」

カフェーRは太っちょの副業であるらしい。明日の夜にA取引店が顧客を招待する忘年会がカフェーRの三階のホールで開かれる予定で、呉がその準備を任されたんだそうだ。呉はこのあと遅くなってから、R会館にちょっと寄るんだそうだ。彼らは喫茶店でまず紅茶を飲んだ。クリスマスツリーのそばで蓄音機がこざっぱりと鳴り響いている。ツルマギ[12]みたいに丈の長い毛皮の外套——油で撫でつけた髪——金時計——

9　唐胡麻。ひまし油の材料で花は鮮やかな赤色。
10　「株屋」の意。相場師を指す。
11　大した家柄でもない家から大物が生まれるという意味の朝鮮の諺。「鳶が鷹を生む」と同義。
12　朝鮮の伝統的な正装用の長いコート。

宝石を嵌《は》め込んだネクタイピン――こういった呉の身なりの一々すべてが、彼の目にはひどく目障りだった。

何であんなふうになったんだか。いや、僕こそ何でこんなことになっているんだ。(金だ)、人をだまして金をとるんだよ呉は。人をとことんこき使っては、体裁よく旅費をやって追い払うのだ。三十歳までに百万円。追い払っても追い払ってもついてくる女。君もただぶらぶらしているなかれ、青春とはこのようにもてなすべきなんだと言う(澱みなく呉は語る)。どうしてだ、ほんとにどうして――僕はこんなにはるか後ろで出遅れてしまったのか。ただし、呉のこうした低俗な大言壮語はどれもこれも嘘くさいと思いつつも、羨《うらや》むか、羨むこともできないのか形容しがたいものが確実にそこにあるようでもあった。

かつての春、呉は仁川《インチョン》[13]にいた。十年前――汚れのない彼らの友情は、夢のような少年時代をひたすら美しい思い出にとどめていた。まだ草木の芽も出ていない早春、健康を害していた彼は、呉と一緒に社稷《サジク》公園[14]の山裾を歩き、折り入ってと打ち明けられたその話を聞いていた。思ってもみないことだった――呉の父が百万もの財産を蕩尽し、最後の競売が終わったのがつい一昨日だという――何人も兄弟がいる中で、彼一人に一縷《いちる》の望みをかけている老いた米穀相場師の切実な手紙を呉は内ポケットから出して見せ――裏切れないと――呉は泣く――二人で生涯の仕事と思い定めた絵筆をこんなことで捨てなくてはならないのかと――後にも先にも一度きりの、水が流れるように澱みない呉の告白だった。そのとき彼は、春とともに健康が回復するのを今か今かと待ちこがれていたところで――彼も心の内では画筆を捨てて久しく――いずれ張り裂けるであろう足元の濡れた地面を、うなだれたまま黙って見つめるばかりだった。

そして、やがて台風はやってきた。来いよ――来て、僕の生活をちょっと見てくれ――そう言って呉に呼ばれた彼は微笑して仁川の呉を訪ねた。四十四番地――人のごった返す海岸通り――K取引店事務室[15]――かつての呉はどこへ行ったのか、影も形

13 朝鮮の近代化の過程で大きな役割を果たした国際的な港口都市で、横浜にも比肩される。ソウルとは異なり、一から新たに建設された近代都市である。解説の二七二頁も参照。

14 ソウル中心部、鍾路区にある広大な公園。「社稷」とは社（土地の神）と稷（穀物の神）を意味し、朝鮮時代にはここに「社稷壇」があり、王が国のための祭祀を行っていた。日本統治時代に祭祀が廃止され公園とされた。

もとどめていないその執務態度を、まだ健康の戻らぬ彼はなすすべもなく眺め、来る日も来る日もため息をついていた。

部屋は、電話を置いたところ以外すべて方眼紙でぎっしり埋まっていた。古くなる前に貼り替えられる方眼紙の上で、折れ線グラフの赤い線、青い線が高低を描き——呉の顔は刻一刻と変化した。夜ともなれば、呉と一緒にブリキの端切《はしき》れでできたようなバーを何軒も徘徊し——（シキシマ）[16]——日々やつれていく体をもてあましながらも、奇妙なことだが呉は六時には必ず目覚め、起きるとランプの油皿《あぶらざら》のような目玉をあっちへぐるり、こっちへぐるりと動かすと、赤い頬をぴくりともさせず、九時までにはぬかりなく海岸通りの事務室に収まっていた。おそらく疲れを知らぬ呉の体が金剛力[17]とともに——きっとそうだ——何らかの道をきわめたゆえなのだろう。昼ともなれば呉の父は、たった一つ残された伽耶琴《カヤグム》[18]に鬱屈した心を託し、信頼する息子からときおり電話がかかってくると、満足そうにそのことを小さな手帳に記録する。引き戸を開けると、ときどき京仁《キョンイン》線[19]の列車が見える。

彼は呉の毛皮の外套を羽織って月尾島《ウォルミド》[20]の裏手を回り、まだちらほらと咲いている名残の花の間を縫って、芝生の上にまっすぐ寝そべり、春になっても健康が回復しなかったことを嘆いた。眼下に見えている海——泥土の上に海がひとわたり寄せては返し、日はまた暮れていった。午後四時、呉が口笛を吹きながら毎日同じ芝生の上へと彼を訪ねてくる。テントが張られたところで揺れているポータブルラジオを聞き、お茶を飲み、鹿を眺め、長すぎる堤防の途中でなかなかに爽やかなアイスクリームを買って食べ、牡蠣《かき》を掘っているところをちょっと見て呉の部屋で仲良く新聞と夕飯で一日が終わる。こんな一ヶ月——五月——彼はまさにその芝生の上で、いつの間にか

---

15 仁川には「仁川米豆取引所」があり、米、豆、穀物などを対象に現物及び先物取引(主に先物取引)を行っていた。呉の勤務先は仁川米豆取引所の認可を受けた取引店の一つと思われる。一九三〇年代にはこうした先物取引による投機熱が拡大し、一攫千金を夢見て参入する人々が絶えなかった。

16 敷島。仁川にあった遊郭。

17 金剛神のように強力な力。

18 朝鮮固有の十二弦の琴。

19 一八九九年に開通した朝鮮初の鉄道。翌年には京城から仁川まで一時間以内で運行した。

20 仁川沿岸の島で一九二〇年代に埋め立てられて陸続きとなり、遊園地などが造成されて観光地となった。

ペタラギ[21]を覚えた。胸中に画策していた絵は、毎日一枚ずつ海へと散っていった。

人生への無限の躊躇をどっさり抱えて仁川から帰ってきた彼の部屋には、妻の行方を探る手がかりはなかった。父母に背いた息子である僕に、妻はこんなやり方で目を覚ませと諭すのか——（文学）（詩）人生に対しては永久にためらっていようと決めてこの道なき道に踏み出したのに、またもや跳んでみようとする心——ねじけた若さ（政治）彼はときおり、ツーリストビューロー[22]に電話してみた。遠洋航海の船はいつも部屋の中でばかり汽笛を鳴らしたり、入港したりする。

夏は彼が汗を流している間に過ぎ——しかし彼の背中の汗が引く前に往復葉書のようにそそくさと妻が帰ってきた。古雑誌の中に埋もれて腹をすかせている彼を、自分が食わせてやるというのだ。往復葉書——の半分はもうないが——目をつぶると妻の肌から大勢の人間の指紋の匂いがする。彼は自分の生活の叙述に面倒くさそうに句点の丸を打った。これでおしまい、さあ食わせてみろよ、食ってやるから——髪も切りなよ——髪を縮らせる焼きごてに十銭[23]——下着しか要らない一日——カフェーRのユ、カタの太っちょの前で受け取ったあの百円——だが、その百円を握りしめて一目散に仁川の呉のもとへ駆けつけたのは、あの五月に呉が言った——百円持ってこいよ、三ヶ月もあればまずは百円を五百円にしてやるから――という、よくはわからないが非常に心強い一言が彼の耳の中で鳴り響いていたためだ。そして彼が盗電[24]しても、後ろめたかったせいか妻は黙っていた。だまされた。ときどき新聞で船の時刻表を見たりした。

呉ときたら二度か三度、そんな彼の生活態度を手紙でずいぶんと褒めてくれたものだが、その呉が京城に来た。三ヶ月の約束はもう一ヶ月も前に過ぎていたが――呉は、仁川で稼いだだけそっくり呉に貢いでいた妻（とは決して呼んでいなかったが）をお払い箱にして――ともあれ呉の底知れぬ深い友情は、四ヶ月前のことも、また一ヶ月前に当然起きてしかるべきだったこともきれいさっぱり記憶にとどめていなかった――呉からの懐かしげな手紙が、何日か前に彼の閉ざされた生活をこじ開けて届いた。彼は秋と冬を寝て過ごし、まだ寝ているさなかだった。おいおい、何だよ、一度

21　朝鮮半島北部の平安道の民謡の一つ。船乗りの生活の辛さを題材とする哀調漂う民謡である。
22　旅行会社。
23　妻が髪を切ってモダンガール風の断髪にしたことを示す。
24　料金を払わずに電気をこっそり使うこと。

だめになった女の子とまた一緒に暮らしてるのかいというような呉が絶対言いそうなつまらない冷やかしも嫌だった――でもクリスマスだしな――まあ、雉の焼いたのを食べて喜ぶ顔でもちょいと見ておくか――元気そうな顔――この前の呉――そういうことだな――手に負えなくなる前にここに句読点でも一個打っておこう――もちろん妻は何も知らない。

## 2

その夜、妻はぶざまに階段から転がり落ちた。みっともない。

彼は、何がどうなっているんだかぼんやりとしか言ってくれない呉とどこかで酒を飲んだ。妻の勤めるR会館でなかったことは確かだが、それでも彼は彼の妻と少しも変わらない大勢の女たちを見てぞっとした。呆れた世の中だ。これじゃもう何が何やら誰が誰やら――歩くところを見てればわかるよと呉は言うが――二時には旦那づらしたのが一人ずつ迎えに来るという女給たちの不思議な暮らしぶりを彼も話には聞いていた。妻は迎えに来ない彼を愛が足りないと言って何度もなじるのだったが、ばれたらどうするんだ――誰によ――つまりさ――見たくもないのっぺりした世間というやつにさ。彼は、ここを行き来するそっくりの化粧をした――実際、化粧品の質で区別する以外に目立った特徴は全然ない――ひしめき合って見分けもつかぬ妻と似たような女たちを見回してきょろきょろした。

へへへ――みんなそんなところだろ――帰ってから部屋でさ――(ほんとにあなたは妻にそっくりですね)なんてさ――でも僕の妻はあまり化粧をしないからね――やつれて青ざめた妻の肌とそばかす――鼻と言うには小さすぎる鼻、口と言うには薄すぎる口(化粧したあなたが化粧をしない妻に似てるとしたら?)――「許してね」――だが僕の妻だけがなぜこんなに痩せてるのか。何のせいだ(お前の罪かな)(わかってないのか)(わかってるだろ)、おい、この女をちょっと見てみろよ。何て赤々とした、燃えたつような肌なんだ。横に座っているだけでかっかしてきそうだ。

呉がひそひそと言う。「これがマユミだ。[25] このおでぶちゃんがね――どうしようも

25 カフェーの女給はこのように日本式の源氏名を名乗ることがよくあった。

ない白豚[26]だけどいいんだよ——金の卵を産むガチョウ[27]の話を知ってるだろ（知ってるさ）つまり宝の出てくる箱だよ——一晩で三円、四円、五円——担保もなしで貸してくれる質屋みたいなもんだ（ほんと？）あー、僕の愛するマユミ」。

今ごろ妻もあんなことをしてるのかな。胸が痛む。彼のしかめっ面《つら》をふと見て、呉がくすくす笑う。フン——ひどい話だろ——でもまあ聞きたまえよ——ソーバ[28]に女は絶対禁物なんだ。だが、自分の肉を削ぎ取ってでも食わせてやると駆け寄ってくるのをどうしろと（そうだそうだ）、女とは何ぞや、金のない女は無意味だ——いや、女のない金こそ無意味だ（そうだそうだ）、呉よ、早く次を言え。

金を稼いだら稼いだだけ金時計を買うんだ、何個でもな、それから宝石や毛皮の外套を買う、いくらでも高価なものを。金がなくなったらそれを質に入れるんだ（そうだそうだ）、だけどそれじゃあちょっともったいないからね。どうするかというと女を一人、しつっこいのを選んでまず時計や宝石を買ってやり、また取り返して質に入れ、また買ってやってはまた取り返して質に入れ——つまり買ってやることはやるんだが、そいつは一生かかっても自分のものにはならず、僕のものだというわけだ——まあそういうふうにしておくとさ——つまり女給ってのは絶対金を使うもんだからね――一晩でいくら稼ごうが、稼いだだけ使っちまうんだ――肉を削ぎ取ってでも食わせてやるというぐらいなんだから、一日に三円、四円使うぐらいはね――宝石はその後も買ってやるから、手元には何も残らないが、何度もいろいろ買ってやった甲斐あって、僕が蜘蛛だとわかっていても貢いでくれる――それに僕はあいつの要求を全然聞いてやらないわけでもないからな――だけど、間借りして一緒に暮らそうってのは嫌だね――そんなことしたら、三十歳までに百万円貯める夢は水の泡だよ（そうなの？ そうなのか？）、ソーバってやつは、後で金持ちになる率より今乞食になる率の方がはるかに高いんだから、誰だってそんな女を一人持ってりゃ心強いんだ。つまり背水の陣を敷いておけということだ。

呉は賢明だから、この金の卵を産むガチョウの腹を自分で裂いてしまうはずは万に一つもない。あの白粉《おしろい》をべたべた塗ったほっぺたやぽってりした唇がかわいくてたま

26 原文は「洋豚」、つまりヨークシャー種やバークシャー種の豚のように太っているという意味。
27 イソップの童話で、毎日一個ずつ金の卵を産むガチョウを飼っていた男が、腹の中に金塊があるだろうと思ってその腹を裂き、死なせてしまったという話。
28 相場。ここでは投機のことを指す。

らなかったりするんだろう。彼の目は酒気でだんだん朦朧としてきた。とろんとした視線はそのマユミという肉のかたまりを羨ましそうに眺めていた。妻——マユミ——妻——どんどん痩せていく妻——串みたいな妻——痩せすぎだろ——ちょっとはマユミを見習え——広い背中、たっぷりとしたこの幅、幅、幅を——世の中は公平じゃないよな——ある者はポン菓子みたいに丸々とふくらむが、ある者は目に見えてしぼみ——どうだ、ちょっと見てみろ——餅を焼くときみたいにふくれ上がるのが目に見えるようだ。だが彼の目玉は金魚鉢に入れた金魚のように、眼窩の中でぴくぴく動き回るだけだった。艶やかに笑うマユミの福々しい顔が海藻のようにゆっくりと動くのが、かすかに見えるだけだった。呉はこの鼻をつくような化粧品の匂いの中で笑い、叫び、拍手し、また笑った。

何で呉にばっかりあんな強力な女がついてるんだ。きっと呉はマユミに痩せるなと禁止しているんだろう。命令してあるんだろう。たいしたもんだよ。力。意志——？そういう強力なもの——そういうものはどこから出てくるのか。僕だって——そういうのさえありゃこんなことになってないさ——働いてるはずだよ——それもちゃんとな——上げ窓を開けて飛び降りたかった。このしつこい紐を振りほどき、投げ捨てて、一目散に走って妻から逃げたかった。僕の意志が作用しないすべてのものよ、なくなってしまえ。閉じこもろう。何重にも扉を閉ざして。だが、これも力でないとしたら何だろう――赤く上気した目は殺気を帯び、ちかちかと明滅する恍惚境の壁に空気穴を探した。ただぶるぶると震えていた。からっぽの洞窟の中につむじ風が起こったように、完全に前後もわからなくなり、彼は情けなくも猥雑な酔漢と化してしまった。そのときマユミが彼の耳に向かってささやいた。彼は首をぴくっとさせて舌をぺろりと突き出してみせた。とにもかくにも飲みすぎたらしい――酔うだけ酔った上に腹もいっぱいだ。マユミ、何の話だい。

「あの人が嘘つきだってこと、私が知らないと思ってらっしゃるの。知ってるわよ（それで）美術家なんでしょ。まるでしらばっくれてんのね。ちょっと言い聞かせてやってよ――見境のないことするもんじゃないって――そんな腹の中、このマユミはお見通しなんだから――こんなこと言うのはちょっと惚れてるからではあるけど――先生にはわかるでしょ（わかるともさ）でもまあ、あんなのでもいいから一匹ぐらいヒモがいると助かるのよ（え？　え？）考えてもごらんなさい――だって一晩で三円、四円稼いだところで何に使うっていうの――化粧品を買う？　着物をこさえる？　そりゃ一回二回、まあ十何回ぐらいまではすごく高いのを選んで散財したりもしますけれど――でも、ずーっと化粧品だの服だのばっかり買ってられます？　そんなことしてどうなるの――いくらもしないうちに飽きちまいますわ――じゃあ乞食にやる？　まっぴらだわ――この世でいちばん憎たらしいのが乞食ですもの。それよりはああいうヒモを一匹つかまえておく方が、化粧品だの服だの買うよりずっとましなんです。そうそうは飽きがこないんですものね――つまり男が浮気するとね――いえ――ちょっと違いますわね、とにかくけんかしながらでも稼いだ分をその夜のうちにヒモにとられちまうと――いいえ、そっくり貢いでしまうとすーっとするんですよ。いい気分よ。つまり、私をしゃぶりつくす蜘蛛を自分の手で育てているというわけですわね。けれどもこの虚しさをあのヒモがおとなしく埋めてくれるんだからと思うと、惜しいどころかむしろ私の方が蜘蛛なのかもしれません。金を一文も稼げなかったらそれまでですけど、今じゃもうすっかりこの生活が身についてしまって、すぐにやめることもできないしやめたくもありません。歯を食いしばって、あいつと張り合って気張って稼いでやりますわ」

靴下――彼は妻の靴下について考えてみた。毎晩、靴下の間からは不思議なことに、札と銀貨が出てきた。五十銭玉がちゃりんと床に転がり落ちるときに聞こえるあの音響は、この世の何にも喩《たと》えられない、最も荘厳な感覚に違いなかった。妻は今夜またそんな銀貨を何個脛《すね》から吐き出すのか、あの干し鱈みたいなふくらはぎに残った金の跡——金が肉を突き破って食い込む——それが妻の生気をぐいぐい吸い取ってしまうんだろうな。ああ——蜘蛛——忘れていた蜘蛛——金も蜘蛛だよ——だが目の前にいるこのあまりに頑丈そうな蜘蛛の一つがいを見てみろ——ちょっと頑丈すぎるようじゃないか。タバコを一本くわえて考える——ほんとにさ——妻よ、いったい僕を何様だと思ってこうして死なさず生かしているんだい——死ぬこと——生きること——彼は賤しい。彼の存在はあまりにばかばかしい。彼は自分を過剰にあざ笑う。

だが——二時になり——あのうっとりするような洞窟——部屋——に向かう彼の足取りは速い。いくつもの路地を通り抜け——呉よ、お前はお前の行くべきところに行け——暖かく明るい窓また窓を見るたびに——鶏——犬——牛は話だけだが——そして絵葉書——こんなにもぐらぐらと沸き立つような心を抱えて、あの赤々と燃えているような部屋を目指してなだれ込むように追われていく。全身の血——その重み——帰ってきているだろう——待っているだろう——久々に酔っぱらったという些細な事件——腰がふらふらしてこいつぁもう——こいつぁ——もう発音がめちゃくちゃだ——息を思いきり吸い込んでおこう。息を思いきり吸い込もう。そして耐えよう。えい、いっそずっと狂ってしまおう。

ところがどうしたことか。妻は部屋で待っていなかった。ははあ——その日が来たんだな。なぜ出ていくのかはわからないけど妻が出ていく日——どうして？　だが（なぜ戻ってきたのかわかる前に）なぜ出ていったかわからないままで過ごしているとそのうちお前はまた戻ってくるんだからな——乗りかかった船だ。いや——もう閉めきってしまおうか。下水溝にはまったとしても世間からばかにされないように——いいがかりの種を作ってはいけない。

カフェーRでは翌日、A取引店が顧客を招待して催す忘年会が開かれ——妻——太っちょの主人は僕に挨拶され——呪うべきカフェーRの裏口を彼はぐずぐずうろつき、チョーバ[29]にそのみじめな姿を現した。チョーバのことは僕はよく知ってる——お前らがいくらで買い入れ、いくらで売ってるか——知ってどうするんだともいえるけれども——ちょいとそこの眼鏡のご婦人、お尋ねします。（おやおやずいぶんな混雑だ、こんなに混んでてどうするんだい）、婦人は通信簿のような紙切れに順ぐりにはんこを捺してやる。妻はいつも言っていた。稼ぎによらず一円ずつ返すのが決まりだと――時は無利子だ――どうして無利子なんだ――（知るか）――この金は――普通の金と違うのか――つまり道をきわめるとそうなるのかい。

で、「ナミコ[30]はどこにいますか」「お宅からいらしたんですか。さっき警察に行きましたよ」「何をしたんです」「いえね――どうもまだるっこしくていかんなあ」といわんばかりに、包丁を持ったコックがよくよく聞けと話し出す。妻が階段から転がり落ちた。お前、何でこんなにがりがりに痩せてるんだよと客に言われて――痛い、痛い、放してください――何とか言えよ――痛い、痛い、放してください（目に涙をじーんと滲ませて）あなたこそ何でそんな白豚みたいに太ってんのよ――何だと、白豚だと？――白豚でしょうよ――エイこの無作法者め、ということで足蹴にされて、蹴られたから階段から転がり落ちて、転がり落ちたから腹を立てて――すっかり怒っちまったと。「大したけがはしていませんが、ああいう奴にはちょっと道理を教えてや

29 帳場。帳簿を管轄し経理を担当する。
30 カフェーRでの妻の呼び名。

らにゃいかんので私が警官を呼んだんです」
痩せっぽちなんて、おっとり構えたお客さんの冗談にすぎないだろうに生意気にも食ってかかった上に、口答えにも程があるぞ、白豚だなんて――そうだ、考えてもみろ、お前が痩せっぽちでなくて何なんだ――まあもちろん――僕だって白豚と言われたら――いや痩せっぽちと言われたら――ほんとのところ僕だって痩せっぽちだけども――ただじゃ済まさないけどな――白豚と言ってやるしかないかも――いやさ、白豚だなんて、そんなけしからんことを言われて僕がもしも客なら――いや僕が女給なら――もってのほかだよな――僕がその客なら問答無用で殴ってやる。とは思うけれども妻よ、白豚というその一言だけはよくぞ言ったもんだ、そのせいで蹴られたんだろうけど――あれ、僕はいったいどっちの味方なんだ、誰の側についているわけなんだ。だけどあの、カツンカツンと骨が当たるような体のどこかが人知れず怪我をしたというんだからね――皿が割れるみたいにさ――それは痛い、痛いよ。

そして目の前が真っ暗になる前に巡査のサブロー[31]がはあはあと息をきらせてやってきた。夫に当たる者は来いというのだった。私です――そりゃちょうどよかった。あいつは悪い奴です。控訴なさい。女給とボーイとイタバ[32]の面々の同情は実にナミコ一人に集中しており、相手の男はまるで形勢穏やかならぬありさまだというのだった。

警察署の宿直室へ行く――変だぞ――まずは警部補と巡査、それから呉にカフェーRの太っちょの主人、そして果たして白豚のような犯人（こりゃ僕だってうっかり白豚と言っちまいそうだな）、そしてストーブの前に青ざめてうずくまっているハツカネズミみたいな妻――彼は気が抜けたような様子でこの珍奇な――とてもありえないコンビネーションを何度も眺め回した。そうして彼はよろよろと白豚の前に行き、その脂ぎった顔をしばらく見ていたかと思うといきなり「あなたでしたか」「あなたでしたか」。どうやら顔見知りらしく、お互いに見つめ合ってにこやかに笑っているがその胸中は――妻よ、しばし待て――頼むから泣きやんでくれ、ちょっと話をしてみるからさ。

ふうーとため息をつくと収まっていた酔いが一気にこみ上げてきて、彼は今にもその場に倒れそうだった。ワイシャツの裾がズボンの外にはみ出しているこの白豚に、

31 日本人警察官の名前と思われる。
32 板場。いわゆる厨房を指す。

彼は話しかける。「お見かけしたところ、お体が弱くていらっしゃるようで」「とんでもない」「とんでもないとは」「とんでもないってことさ」「とんでもないってことさとは」「え、とんでもないってだけだぞ」「え、とんでもないってだけだとは」

そのとき耐えかねて警部補が怒鳴った。そして、お前がナミコの旦那か、名前は何だ、職業は何かと質問が始まり、彼はどの質問にもおとなしく頭を下げるばかり。そうやたらと頭を上げ下げしてないで、あなたは控訴するつもりなんですか、つまりこの人をいったいどうしたいのですか。そうですね(あんたらの目には僕がうじ虫くらいに見えてるんだろ? この人をどうしたらいいのか、僕が知らなきゃ警察が知っているんだろうが、だったら僕がこうしろと言った通りにしてくれるというわけですかい?)。

僕は今どうすべきなのか、誰に聞けばいいんですか。そこに立っている呉よ、そして僕の妻の雇い主よ、僕に教えてください、どうしたらよかったのか。いつしか涙が頬を伝っていた。いよいよ酔いが回ってくる。彼はこの場であだとかこうだとか口を開く気力も勇気もまるでなかった。呉と太っちょの主人が彼の肩をたたいて慰める。「あれは他でもない、わがA取引店の専務なんだ。酒の上のことだから勘弁しておくれ。君も知ってるように、明日の忘年会に専務がいなかったら社長がいない以上に様にならん。うまいこと和解できないか」「和解って誰のために」「友達のために」「友達って誰」「じゃあ、うちの店のために」「君は社長なのかい」。すると太っちょの主人が「じゃあ、君の奥さんのために」。百円を二回借りて残りが百五十円——よくわかりました、僕を脅しているんだね。

「おとぎ話みたいだけど、世間じゃとかくそういうこともあるらしいね。つまり百円が三ヶ月後には必ず五百円になるはずだというんだが、四ヶ月後だとそれが一文残らず消えてしまうという不思議なことがね（呉よ、僕をけちだと思うかい）。そんなことも起きるくらいなんだから、女給一人を足蹴にするぐらいは日常茶飯事なんだろ？（とはいえ呉よ、いや何でもない、何でもないよ）さあ、僕は帰るよ。何でこんなにことを面倒にするんだい、僕は何もかかわりたくない。この酒をさっぱりと醒ましたい。僕を帰らせてください。妻を連れて行くよ。後のことはもうみんなで好きにしてくれ」

夜——洪水が干上がった最初の夜——不思議に乾燥した夜だった。妻よ、お前はもうこれ以上痩せてはいけないよ。絶対、だめだよ。命令だからね。だが妻は熱まで出して、雀のようにちゅんちゅん鳴きながら夜明けまで苦しんだ。その横で彼は恥ずかしげもなく倒れてぐっすり眠ってしまったんだ。ふだんかかないいびきまでかいて——ああ、ほんとに白豚って誰なんだ。疲れすぎていた。ただもう呆れちまったのだ。

そして——長い時間。

朝になると妻は出かけていった。巡査のサブローが呼びに来たためだ。警察に行くという。彼にも来いという。何もかも面倒くさい。足を引きずる妻を無理に警察に行かせ、彼は人の世に向かって巨大なあくびを一回した。やっぱりとことん怠けるのが一番なんだよな。何重にも雨戸を閉めて苦しむ声の聞こえない部屋でこんどは本当に——どうか時間が長くかかって、妻が夕方になってから帰ってきたらいいのにと——場合によっては帰ってこなければいいのにとさえ願った。両足を思いきり伸ばして、深い深い眠りについてみたかった。

午後二時——十円札二枚。妻は彼の前でしきりににこにこしている。「誰がくれたんだ」「あなたの友達の呉さんがくれました」。呉、呉、また呉かい(それがお前の百円をごくんと飲み込んだおとぎ話の主人公だよ)。懐かしい昔の記憶が変化していく。

すべてが変化していく。彼がどんなにこの部屋の雨戸を何重にも締め切り、一年十二ヶ月髭も剃らずに寝ていたとしても、世間はその残忍な「関係」によって塀に穴を穿《うが》って染み込んでくる。久しぶりの睡眠らしい睡眠で実にのびのび一眠りしたのになあ。頭がだんだん冴えてくる。

「呉がくれたのか。そうか、何と言ってくれたんだ」「酔いが醒めてから専務がほんとにすまんと言ってたと」「お前いったいどこまで行ってきたんだ」「チョーバまで」「よし。そしてそれをおめおめと受け取ってきたのかい」「断ろうとしたけど、本当に自分が悪かったと言って引かないもんだから」。では、呉の金ではないんだな。専務のか？　太っちょの主人のか？　どっちもありそうなことだ。いや、十円ずつの割勘か。こんなときどうして彼の頭は冴え渡るのか。いっそ頭がぼんやりして何も考えられなくなってしまったらどんなにいいだろう。忘年会の午後。控訴。慰謝料。うじ虫。うじ虫ほどでもない人間。妻は具合が悪いはずだったのにぺちゃくちゃ喋る。「あぶく銭ができたから使っちゃいましょう。今日は店には出ませんから（あざに貼る膏薬一枚買うことなんぞは考えもせず）。明日の昼にはチマが一枚、チョゴリが一枚（あれも一つ、それも一つ）（そうやって十円を使い果たしたら）残りの十円であなたの靴を一足あつらえましょう」。

好きにしろ。僕は眠い。眠くて死にそうだ。鼻をかむ程度のことをいちいち僕に相談するな。今ごろR会館の三階じゃ、どんなに立派な宴会が開かれていることだろう。白豚専務はワイシャツをズボンに押し込んで、どんなに上品に振る舞っているだろう。留置場から宴会へ(工場から家庭へ)――二十円分の――二百人分以上の――七面鳥――ハム――ソーセージ――豚の脂身――あの白豚――一年前二年前十年前――髭――冷えた灰――残り物――骨のかけら――薄汚い跡――と何が残ったのか――閉ざされた一年間――生きながらにして腐っていく彼の前に歳月が横たわり、口をあんぐり開けている、そんな一月だ。

慰めにはなったらしい。妻は昏々と眠っている。電灯が哀れむようにじっと見下ろしている。一日じゅう水一口すら飲んでいない。二十円もらったおかげで彼ら夫婦は、人は食べずには生きられないという鉄則――この厳粛な定めに完全に逆らうことができた。

今のこの奇々怪々たる生理現象がすなわち、腹が減ったという状態なのだろう。腹が減った。情けないことだ。恥ずかしいことだった。しかし呉よ、お前の生活と僕の生活を対比させて、いや僕の生活にお前の生活を引き比べたらどっちが本当に優れているのか。いやどっちが本当に劣っているのか。外套を羽織り帽子をかぶり――そして忘れずにあの二十円をポケットに入れて家を――部屋を出た。夜は霧のせいで薄暗い。空気は勝手に腐っていくのか饐《す》えた匂いをぷんぷんさせている。またやっぱり蜘蛛だ――（変身したのかな）――彼は自分の指を鼻の下に当ててそっと匂いを嗅いでみた。蜘蛛の匂いだろうか――だが、二十円を触ったときのあの酸っぱいような紙幣の匂いがほんとにかすかに匂ってくるだけだ。この酸っぱいような匂い――これのせいで世間はじっとしておれず、ときに生身の人間を苛《さいな》むのだ――ときにとは何だ。どれだけ身を削っていることか。いたたまれない、落ち着かない。蜘蛛――そうだ――蜘蛛は僕だけだ。見ろ。今、この、蜘蛛のねばつく触手がどこへ向かって伸びているかを――にわかに鳥肌が立ち、冷や汗が流れだす。

蜘蛛の触手が猛り狂う――マユミ――呉の自慢の女――ヒモだと――虚しさだと――もう構ったことじゃないぞ。手に握りしめた二十円で――マユミに会いに行って――十円で酒を飲み、十円はチップにやり、それでもマユミが応じなかったら、そうだ、白豚と言ってやろう。それでだめなら二十円はすったことになる――丸損だ――だがどうだっていうのだ、所詮あぶく銭じゃないか。専務がもう一度妻を階段から落としてくれたらいいのに。そうすればまた二十円だ。十円は酒代、十円はチップ。それでもマユミが応じないなら白豚と言ってやるんだ。それでだめなら二十円はまるまる浮くわけだ。頼むよ、妻よ、もう一度専務の耳に向かって白豚と言ってくれ。蹴飛ばされたら黙って階段から転げ落ちろ。

（『中央』一九三六年六月号）

# 〔紀行文〕山村余情——成川紀行中の何節か

# 1

香り高いＭＪＢ[1]の味覚を忘れて二十余日となりました。ここには新聞もきちんきちんとは届きませんが、郵便配達夫がときどきハトロン紙[2]色の便りを運んできます。そこには蚕《かいこ》の繭《まゆ》やとうもろこしの近況が書いてあります。村人たちは、遠く離れて住む一家のことが心配なのでしょう。私も都会に残してきた仕事が気にかかります。向こうに見える八峰山《パルボンサン》[3]にはノロジカとイノシシ[4]がいるそうな。このあたりで雨乞いの儀式をやっていると小川まで熊が下りてきて、ザリガニをとって食うのを見た人もいます。動物園でしかお目にかかれない山の獣が放し飼いにされているような、そんな錯覚をしょっちゅう覚えます。夜ともなれば月もない晦日《みそか》の漆黒の闇、人間が寝床に入るように、八峰山も闇の中にもぐって見えなくなってしまいます。

しかし空気は水晶のように澄みわたり、星明かりだけでも十分に、大好きなルカ福音書を読むことができそうです。そしてまた、星は実に都会の倍も出ています。あんまり静かなので、星たちが運行する音まで聞こえてきそうです。

主人の家では部屋に石油ランプをつけています。都会の夕刊のような奥ゆかしい匂いが、少年時代の夢を呼び覚まします。鄭兄《チョンヒョン》[5]！ そんな石油ランプの下で、夜がふけるまで「ホカ」——煙草です——のラベルを貼りつけていたことが思い出されます。ウマオイ[6]が一匹ランプの上にとまり、昏々と眠る私の夢には薄い緑色で英語の「T」の字形に線を引き、特別な思い出のあちこちには「アンダーライン」を書き入れていきます。悲しげにうつむいた都会の女車掌が切符を切る音のような、そんな虫たちの声楽曲をじっと聴いています。するとまたそれが床屋のハサミの音のようにも聞こえてきます。私は目も閉じて、じっと聴き入ってみます。

---

1 アメリカのコーヒーの銘柄。
2 封筒や包装紙に用いる片側に光沢のある褐色の紙。
3 現在は朝鮮民主主義人民共和国（北朝鮮）に属する平安南道孟山郡に位置する山。
4 シカ科ノロ属に属する小型のシカ。
5 この紀行文は「鄭」という知人男性への手紙として書かれている。誰であるかは不明。「兄」は兄弟でなくても年長の男性に親しく呼びかけたり、敬称として用いられる呼称。
6 バッタ目キリギリス科に属する虫。鳴き声が馬を追うときのかけ声に似ているとされる。

そして備忘録を取り出し、山葡萄色のインクで山村の詩情を起草します。

おととい破ってしまった新聞紙
垢にまみれた白い蝶々
鳳仙花[7]は美しい恋人の耳の形のよう
過ぎ去った日の記事を耳が見ている

しばらくすると咽喉《のど》が渇いてきます。枕もとに置いた水を――深海のように落ち着きはらった冷水を飲みます。石英質の鉱石の匂いがして、肺腑に寒暖計を差し入れたように道ができるのを感じます。その冷ややかな曲線は、白紙の上に描こうとしたら描けるのかもしれません。

青石を載せた屋根に星明かりが降り注ぐとき、真冬に醤油がめが割れるような音がします。それはかまびすしい虫の声です。秋はそういう時刻に、葉書一枚に書けるほどの小さな歩みを一歩ずつ重ねて近づいてくるのです。本当にこんなとき、光陰《こういん》[8]を数えるためのいかなる術がありましょうか？　私の脈拍音によってこの部屋はそのまま一つの時計になってしまったかのよう、長針と短針を留めたねじが回ると私の両の目が交互にかゆくなります。機械油の匂いが鼻先に漂い、石油ランプの下、眠気がやってきそうです。

パラマウント映画[9]の商標に似た少女が出てくる夢を一瞬見ます。そしていつしか、都会に残してきた貧しい家族たちの夢を見ています。彼らは写真に撮られた捕虜みたいに並んで立っています。そして私に心労を強いるのです。と思うと、もう目が覚めてしまいます。

死んでしまおうか、そんなことを思ってみます。壁の釘にかけてあるくたびれたチョゴリを見つめます。西道千里[10]を、私と一緒にここまでついてきてくれたのです

7　朝鮮では若い女性がこの花で爪を染める習慣がある。
8　「光」は太陽、「陰」は月で光陰は時間、歳月のこと。
9　アメリカの映画製作会社。
10　西道とは朝鮮半島北部の黄海道と平安道を合わせて呼ぶ呼称。千里は遠距離を指す。

よ！

## 2

ランプの灯芯《とうしん》を上げて火を灯し、備忘録に鉄筆で群青《ぐんじょう》色の苗を植えていきます。不幸せな人口が苗の上に一人ずつ誕生します。稠密《ちゅうみつ》なる人口が——。

明日は一日、草花ばかり見て遊んで過ごそう、脱脂綿にアルコールを染み込ませてありったけの気苦労を拭き取ろうと、心に決めてみたりします。あまりに夢見がめちゃくちゃだからそんなことを思うのでしょう。草花が満開になる夢、原色版のグラビアの夢、絵本を読んでいるような楽しい夢を見たいのです。それができるなら夢を説明する爽やかな詩をさらさらと書き、七ポイントの小さな活字で配置するのもいいでしょう。

美しい故郷はむしろ都会にあります。この山村では、広葉樹ばかりの山が故郷の視野を遮っていて、八峰山の山裾にかかる鉄骨と電信柱がニュースの見出しだけを符号で知らせているかのようです。

朝から強い陽差しに痛めつけられた庭がガサゴソとやかましく、その音で目が覚めてしまいます。一日という荷物が庭をすっかり占領して、真っ赤な蜻蛉《とんぼ》が病原菌のように活動しています。消さずに寝た石油ランプには火が灯ったままで、失われた夜の痕跡が古いチョッキのボタンのように残っています。昨日の晩を訪ねていくためのヨビリンです。昨夜の体温を部屋に放置して庭に降り立てば、庭の隅の花壇には燃え立つような鶏頭の花、そして鳳仙花。

地下から水を吸い上げてくるこれら草花たちの情熱に、呼吸まで熱くなってきそうです。このあたりの娘たちが爪の先を染める鳳仙花には、白い花も混じっています。白い花でも赤く染まるのだろうか——。何の不思議もなく、白い鳳仙花で染めてもきれいな茜《あかね》色になるのです。

きびの垣根にオレンジ色のツルレイシ[11]がなりました。落花生の蔓《つる》とともにセピア色のバックを背にして、一幅の屏風絵さながらです。その端ではかぼちゃの蔓が伸び、素朴ながらも大胆なかぼちゃの花には、スパルタ式に鍛えられた蜜蜂が一匹とまっています。濃い黄色の花によく映える、セシル・B・デミル[12]の映画みたいに派手な金色が豪奢です。その羽音に耳をすませば、喫茶室「ルネッサンス[13]」の応接室の扇風機の音が聞こえてきそうです。

野菜サラダに添えられたアスパラガスの芽みたいな草花もあります。主人の家の子供に聞いてみます。キーセン花――「妓生花《キーセン》[14]」というのだそうです。どんな花が咲くものやら――真紅の絹のような花が咲くそうです。

ご先祖様の指定ではないはずのジョーゼット[15]のチマをはき、ウェストミンスター[16]の巻き煙草をくゆらせる都会の妓生の美しさが連想されます。薄荷《はっか》よりもすーっとするリグレー[17]のチューインガムの匂い、厚い帳簿をめくるときのような舌の音――でも、ここに咲く妓生花はきっと、蕙園《ヘウォン》[18]の絵のような――あるいは我々が少年時代に見た、がらがらと路上を走ってゆく人力車に紅日傘をさして乗っていた、今はもう去りし日の挿絵となってしまった、そんな妓生たちなのでしょう。

かぼちゃがすっかり熟れました。干しかぼちゃ入りの小豆《あずき》餅に大根入りの小豆餅[19]——むせるほどに美味《うま》そうな匂いの湯気に誘われて、田舎じみた父祖の亡霊が元日の寒食《かんしょく》[20]においでになります。けれども、国家百年の基盤を思わせるようなずっしりと重い安定感、どんより沈んだ色味はむしろ、ラグビーボールを抱えて走るジェネ

11　ゴーヤ。熟すと黄色やオレンジ色に変わる。
12　アメリカの映画監督。『十戒』『キング・オブ・キングス』など大掛かりなセットを駆使したスペクタクル作品で有名。京城でも『キング・オブ・キングス』などが上映された。
13　京城にあったカフェーか喫茶店と推測される。
14　アメリカ原産のキク科の植物、ハルシャギクではないかと思われる。鮮やかな黄色と赤茶色の花が咲く。
15　非常に薄く軽やかなちりめんの織物。
16　イギリスのタバコの銘柄。
17　チューインガムで有名なアメリカの食品メーカー。
18　十八世紀の朝鮮の画家申潤福《シンユンボク》（一七五八～?）の号。風俗画、美人画で有名。
19　いずれも祭祀の際に供える伝統菓子。
20　寒食節。本来は中国で冬至から百五日目にあたる日に煮炊きしない食べ物を食べる風習だったが、朝鮮半島では春の農耕の始まりを祝い先祖の墓参を行う。

レーションを、この時代の若き勇士のたくましい腕を待つかのごとくでもあります。

ツルレイシが熟れると皮が弾《はじ》けて中身が飛び出してくるそうです。もいできた一個を、紐で結わえて部屋にぶら下げておきます。水気の多い豊かな味覚とともに、鉛筆のようにやせ細った肉体に少しずつ少しずつ肉がついてくるようです。けれどもこの、野菜でもなく果物でもないユーモラスな容積には香気がありません。洗顔石鹸を一撫でするたびに薄れていく私の都会くささが、部屋の中を巡っているばかりです。

## 3

八峰山に登っていく野道の入り口の角に、「崔××」さんの徳を称《たた》える碑と、「×××某」さんの永世不忘を誓う碑が、航空郵便を配達してくれるポストみたいに立っています。聞けば二人とも生存しておられるのだそうですよ。おかしいじゃありませんか。

教会が見たくなりました。聖なるエルサレムから何万里も離れたこの村の農民たちまでもが愛している神の前で、悔い改めたかったのですよ。讃美歌の聞こえてくる方へと足は向かいます。ポプラの木の下に山羊が一頭つながれています。旧式の髭を生やしています。私はその前に行き、賢そうなその瞳を見つめてみます。セルロイドでできた精巧な球をオブラートで包んだような、明るく、透明な、清潔な美しさです。桃色の眼球の縁がうごめいて、三停五岳[21]の整わぬ私のお粗末な人相を笑ってくれています。

とうもろこし畑は閲兵式の盛りです。風が吹くと甲冑《かっちゅう》のぶつかり合う音がざわざわと響きます。カーマイン色[22]の、、コグマ[23]が後ろへ靡《なび》いて揺れています。八峰山から銃声

21　観相学で「三停」は額から顔を上・中・下部に等分した際の均整を、「五岳」は額、鼻、あご、両頬を指す。
22　わずかに紫を帯びた赤。
23　ヤクの尾の毛を束ねて兜などの飾りとしたもので、中でも黒く染めたものを黒熊《こぐま》と呼ぶ。ここではとうもろこしの赤いひげを指しているので、赤く染めた赤熊《しゃぐま》との混同と思われる。

が聞こえてきます。荘厳なる礼砲の音に違いないと思いましたが、私の横で小鳥の肝をつぶしていった空気銃の音でした。かと思いきや、とうもろこし畑からは、白、黄色、黒、灰色、また白と色の違う犬たちが列を作って出てきます。センシュアル[24]な季節の興奮が、このコサック観兵式[25]をいっそう華麗に演出しています。

高麗人参の恵みが溶け込む小川の飛び石の上に、白菜を洗っていた痕跡があります。漬けたてのキムチの清新なる味覚は、スマイル目薬[26]を連想させます。つるつると滑る火成岩の飛び石の上、歪んだＮ字の形にしゃがんでいると、水がめを頭上に載せてためらっている二人の若い娘が視野に入ってきます。ごめんなさいねと立ち上がりはするものの、やっぱり私はわざわざそちらの方へ歩いていきます。すれ違います。ハトロン紙色の肌から青菜の匂いがします。ココアの色の唇は山葡萄とサルナシ[27]の実で濡れています。私を見ていない瞳の中で、精製された青空がカンヅメになっています。

Ｍ百貨店のミソノ化粧品[28]の「スウィートガール」[29]がはいていた靴下は、この娘たちの肌と同じく小麦色でした。小粋にかぶった超流線形の帽子、猫のおなかにファスナーを装着したかわいらしいハンドバッグ――そんな都会の斬新な女性たちを連想してみます。それから、明け方近く足音を立ててアスファルトの道を通っていく、青ざめた工場勤めの少女たちの、回虫のような指を連想してみます。これら全階級の都会の女性の柔らかい肌の上に、その貧富を問わず、たくさんの指紋がべっとりと捺されているのを感じませんか。

24　「官能的」の意。一三三頁にも登場。

25　コサックは南ロシア、ウクライナ、シベリアなどで活躍した騎馬の技術に優れた戦士集団。ここでは自由人のイメージで使われているのではないかと思われる。

26　一九三〇年代によく使われていた目薬。現在も販売されているライオン株式会社の「スマイル」シリーズの源流。

27　マタタビ科の小粒の果実。酸味が強く果実酒にする。

28　無鉛の白粉「御園白粉」で有名な日本の化粧品会社・伊東胡蝶園を指すと思われる。朝鮮でも高級化粧品として人気があった。

29　現在の美容部員のように自社製品で化粧をして接客にあたる販売員と思われる。「スウィートガール」の名称は森永製菓をはじめ特化されたスター的販売員の名称として広まっており、この女性たちはファッションリーダーでもあった。

# 4

でも私は、貧しくとも木綿のように丈夫で汚点《しみ》のない肌を持ち、チューインガムやチョコレートではなく薄甘いほおずきの実を吹き鳴らしているこの村の大らかな娘たちのことの方を、ずっと知りたいのです。祝福してやりたいのです。教会は見つかりません。都会人の狡猾なる視線を恥じて木の間に隠れてしまい、鐘の音の余韻だけが匂いのように残ってあたりを徘徊しています。あるいはそれは、安息を失った私の魂が聞いた幻聴にすぎないのかもしれません。

畑の真ん中に背の高い桑の木があります。桑の葉摘みの娘が電気工事夫のように、木の高いところまで上っています。純白の、咽喉から手の出るような実がなっています。二人のうち一人は木に上り、一人は木の下でかごに実を入れています。一枚、二枚と葉をむしっただけでも籠いっぱいに溢れるよ、と民謡の中の一場面のようです。粟《あわ》の穂はすっかり枯れました。コルクのように軽い粟の穂が不安げにうつむいています。おお——雨よ、ちょっとは降らないか、海綿のように水を吸い込みたくてなりません。しかし空にはまるで禁じられたかのように雲がなく、青く澄み、またからからに干上がっているのですから、長くもない根のSOSが岩盤の下を流れる地下水に届くわけがありません。

少年が二人、ゴム靴を脱ぎ小川に足を浸けて魚を取っています。地上の怨恨が溶けて流れる静脈——その不吉な、毒のある水にどんな魚族が棲んでいるのやら——小川は大地の熱を切り分けて、野原の傾きに沿って流れています。それは秋の噂です。

秋はこちらへ向かっており、行ってもいいかと耳打ちさえするのです。栗の穂が、婚礼の式で花嫁がお辞儀をするときのようにかさこそと音を立てています。老獪な風が栗の葉に爛熟を催促しています。けれども栗の心は青く、焦りがちで、幼いのです。

栗畑を荒らした者は誰だろうか——どうせ未練の残る栗ならば——そんな気持ちでやったのでしょうか、ずいぶんと散らかしたものです。蚕——どの家にも蚕がいます。あの栗の穂よりも丸々とした蚕があっという間に桑の葉を食べてしまいます。この健康な味覚は王侯のごとく尊く贅沢なもの。娘たちは桑の葉摘みを手伝うことを若い日の最後の栄光と考えているのです。けれども桑の葉はもうおしまいです。婚礼の贈り物が底をついてしまったかのように、娘たちの情熱は行き場を失います。

夜陰に乗じて娘たちは軽装で出かけます。その頰の赤みが示す方向へと——桑の木には優勝杯が置かれています、そちらに行きさえすればいいのです。粟畑を踏んでゆきます。紫外線でおいしそうに焼けた娘たちの脚が粟の穂をこともなげに踏みしだいてゆく様子は、まるでスクラムを組んでいるかのようです。かくして、空にも届くような真心が、天高く馬肥ゆる蚕室の中にいる貴族のような聖なる家畜を太らせます。コレット夫人の『牝猫』[30]を思わせる、なよやかなロマンスです。

## 5

簡易学校[31]の隣の家の、道から見える部屋で織り機が動いています。弁髪[32]の少女が裸足で機械を操っています。腰のあたりに触れる細い糸がくすぐったいのか、からからからからと機械が大笑いしています。笑いながら根気よく名産の××紬[33]を織り上げます。十五尺の反物は墓参りのときの衣装となって嫁入り暮らしの悲しみを拭い去り、そしてあまたある夢を捨て去るためのちりとりにもなる——と、こんな他愛もない想像で遊んでみましょう。

煙草屋の隣の家の中には、今日の黄昏《たそがれ》がもう運び込まれているようです。何ガロンもの薄暗い空気の中に針葉樹が一本、生き生きと、青々と茂っています。黄昏の中でしか生きられない移民のような異国の木に、真っ白なうりざね形の実が無数になっています。繭玉——帰化したマリアたちが端麗な姿で、最新の知恵の実をもいでいきます。息子の不幸な最期を悲しみ、クリスマスツリーを蚕食《さんしょく》せんとするピエタ像[34]全図のごとしです。

30　フランスの作家シドニー＝ガブリエル・コレット（一八七三〜一九五四）の小説。一匹の猫をめぐる男女の複雑な心理劇を描く。
31　二年制の初等教育機関。
32　若い娘は長く編んだ髪の先にテンギと呼ばれる赤い布を結ぶ習慣があった。
33　「××」は原文通り。この地方特産の織物があったものと思われる。
34　受難したキリストを抱いて悲しむマリア像。

学校の校庭にはコスモスが咲き、生徒たちが読み書きを習っています。彼らは簡単な算術を習い、正直さと純朴さを知恵と狡猾さに熱心に換算しています。嘆かわしい利息計算ではありませんか。族譜[35]をちぎったような白い蝶々が二匹、白墨の匂いのする花壇の上でひらひらと舞い続ける姿が無常です。そして軟式テニスのボールの栓を抜くときのポンポンという音の名残りが、等高線のあちこちに残っているようです。この校庭で今夜、金融組合の宣伝の活動写真の会が開かれます。活動写真？ 世紀の寵児――あらゆる芸術の上に君臨する第八芸術[36]の勝利。その高踏的な、蕩児のような魅力を何に比肩しえましょうか。しかしこれらの住民たちは、活動写真に対して童話のような夢を抱いたままなのです。この動く絵はまさに紅毛[37]のオランケ[38]たちの妖術を学んできたようでありつつも、それとはまた違い、同胞たちの駆使している羨むべき才能です。

活動写真を見た後に味わう淡白な虚無――荘周の胡蝶の夢[39]がこうであったのでしょう。私の丸い平たい頭がさながらカメラとなり、疲れたダブルレンズがとうもろこしの熟れゆく初秋の情景を何度も撮影し、映写しているのだろうか――フラッシュバックのように流れていく淡い哀愁――都会に残っている何人かの孤独なファン[40]に送る断腸のスチールです。

## 6

夜になりました。宵の口を少し過ぎると十日目の月が出ます。庭にむしろが敷かれ、伝説の中に生きているような市民たちが集まってきます。蓄音機の前で首をかしげている様子は北極のペンギンと何の違いがありましょうか。薄暮の中のスクリーンは短

---

35 朝鮮の家系図。
36 文学、音楽、絵画、演劇、建築、彫刻、舞踊に次ぐ芸術として映画を指す。
37 西洋人を指す。
38 夷。異人。
39 中国の思想家荘周（荘子）が蝶になった夢を見て覚めてから、自分が夢で蝶になったのか、蝶が夢の中で自分になったのかと疑った故事から、夢と現実の境が定かでないこと、人生のはかなさのたとえ。
40 数少ない李箱の読者を指す。

くまた長い人生を綴った便箋のようで――バイオグラフィ[41]の予備といった表情です。私の宿の向かいの家にいる都会風の女性も来ているようです。方言の倍音が庭の中から聞こえてきます。

始まりました。釜山《プサン》の桟橋《さんばし》が現れます。平壌《ピョンヤン》の牡丹峰《モランボン》[42]が。鴨緑江《アムノクカン》の鉄橋を歴史的に回ります。拍手喝采――泰西の名監督がそれこそ色を失うほどに。十分の休憩時間に組合理事の通訳つき演説がありました。

月は雲の中にあります。禁煙――という感じです。演説する理事の顔に、電灯のスポットも当たっています。山川草木すべてが驚きです。電灯――ここの村民たちは、××へ行く自動車のヘッドライト以外に電灯を見たことがないのです。目にもまぶしいその明るい光線の中で、青ざめた理事は壇を降りました。愚昧なる百姓たちは一人としてこの理事の雄弁に拍手しませんでした――もちろん私もその愚昧なる百姓の中の一人にすぎませんけれども――。

夜の十一時を過ぎてやっと映画鑑賞の夜はハッピーエンドに終わりました。組合員たちと映写技師はこの村唯一の飲食店で慰労会を開きます。私は宿に戻って、燃え尽きていくランプの灯芯を上げて読書を始めました。隣の部屋に泊まっておられる老紳士が私の懶惰《らんだ》と憂鬱を戒める意味で貸してくださった、幸田露伴博士の『人の道』という珍しい本です。[43] 犬が遠くでひっきりなしに吠えたてます。もの静かでハイカラなその芳香が忘れられず、群衆はまだ解散できずにいるようです。

雲が引いて月が出てきました。虫たちの舞踏会会場の窓が開け放たれて、その鳴き声のやかましいこと。誰なのか知るよしもない路傍の人を思慕するという、都会人風の郷愁がこみ上げてきます。新刊雑誌の表紙のように新鮮な女性たち――ネクタイをして生まれてきたような紳士たち、そして青ざめた大勢の友たち――私を待っていない故郷――私の裸の言葉を翻案して都会に送ってあげたい。眠りたい――聖書の文選の途中で活字箱を引っくり返した印刷職工があわてて拾った支離滅裂な活字の夢の中で、私もぼろをまとった使徒となり、三度ではなく十度までも、飢えたる家族を知らぬと言うことでしょう。[44]

心労は私を除いたこの世のすべてよりも大きく、私が閘門《こうもん》[45]を開けば廃墟となったこ

41　伝記。
42　平壌市内にある風光明媚な丘で朝鮮八景の一つ。
43　幸田露伴の作品の中にこのタイトルのものは認められない。

の肉体に潮のように心労が染みてきます。けれども私はマゾヒストの瓶のふたをまだ開けてはいないのです。心労は私をかばってくれますが、その間にもこの身は雨風に打たれ磨かれ、いつしか干からびて、消え去っていくことでしょう。

夜の悲しい空気を原稿用紙の上に敷きのべて、青ざめた友への手紙を書いています。そこには私自身の訃報も同封してあるのです。

（『毎日申報』一九三五年九月二十七日〜十月十一日）

44　キリストの使徒の一人ペテロが最後の晩餐の後、キリストを知っているかと聞かれて三度「知らない」と否認したという新約聖書の逸話に基づく。

45　運河や放水路などの水量を一定に保つための堰。

〔小説〕逢別記

# 1

二十三歳ですよ――三月ですよ――喀血だ。六ヶ月たくわえてきた髭にある日かみそりを当て、鼻の下にだけ蝶々ぐらい残しておいて、薬をいくらかあつらえて、Bという新開地の寂しい温泉に行った。そこで僕は、死んでもよかった。

けれども、羽を伸ばせなかった僕の青春が薬罐[1]にべったりしがみつき、生かしておいておくれとせがむのをどうしたものか。旅館の侘しい灯《あか》りの下で、夜ともなれば僕はいつも鬱々としていた。

三日とがまんできず、夜、旅館のじいさまに案内させて、長鼓《チャンゴ》[2]の音も賑やかな店を訪ねていった。そこで出会ったのが錦紅《クムホン》[3]だ。

「いくつなの？」

なりは小さいながら、実の入る前の青い唐辛子のようにどうしてぴりっと辛味が効いていて、十六歳？　行ってても十九歳ぐらいだろうと思っていると、

「二十一歳です」

「じゃあ、僕はいくつに見える？」

「そうねえ、四十？ 三十九？」

僕はただフン！ と言うだけですませてしまった。そして腕組みをして、いっそう落ち着き払った風を装った。その日はそれでこともなく別れたのだが——。

翌日、画友のK君が来た。彼とはふざけ合うほどの間柄である。僕は行きがかり上、蝶々みたいだろと自慢していたあの鼻髭もさっぱり剃り落としてしまった。そして日が暮れるが早いか、また錦紅に会いに行った。

「こちらさん、どこぞでお目にかかったような」

「夕べ来てただろう、あの髭を伸ばした両班《ヤンバン》4。僕はあの人の息子だよ。声まで似てるだろ？」

1 ここでは湯を沸かすやかんではなく、薬を煎じる道具を指す。
2 朝鮮半島の伝統的な打楽器で、歌や踊りの伴奏などにも使う。
3 李箱が二十三歳のとき黄海南道の白川《ペクチョン》温泉で出会った妓生の名と同じ。詳しくは解説の二六一頁参照。

とおどけてみせた。酒席はいつしかお開きとなり、店の庭に降りていってK君の耳元に口を寄せ、僕はこうささやいた。

「どうだ？　なかなかだろ？　君、ちょっと口説いてみろよ」

「やめてくれよ、君が行け」

「とにかく旅館に行って、ジャン、ケン、ポン、で決めようじゃないか」

「そいつぁいい」

そうは言ったがKは厠《かわや》に行くふりをして逃げてしまったので、僕は不戦勝で錦紅を手に入れた。その夜、錦紅は経産婦であることを隠さなかった。

「いつ？」

「十六歳で嫁に行って、十七歳で産んだのさ」

「男の子？」

「女の子」

「どこにいるんだい？」

「一年で死んだのよ」

あつらえてきた薬はそっちのけで、僕は錦紅を愛することだけに没頭した。やくたいもないことを言うようだけど、愛の力で喀血がすっかり止まったのだから――。

僕は錦紅に花代をやらなかった。なぜって？　だって昼も夜も錦紅が僕の部屋にいたり、僕が錦紅の家にいたりしたものだから――。

その代わり――。

禹《う》という仏蘭西《フランス》留学帰りの遊冶郎《ゆうやろう》5を、僕は錦紅に斡旋した。錦紅は僕のさしがねで、禹氏と一緒に「独り湯」に入った。この「独り湯」というのはちょっと淫蕩な設備だった。僕はこの淫蕩な設備の入り口に並べて置いてある禹氏と錦紅の履きものを見ても、何とも思わなかった。

僕はまた、僕の隣の部屋に泊まっていたCという弁護士にも錦紅を斡旋した。Cは僕の熱意に感動し、あっさり錦紅の部屋に忍んで行った。

とはいえ愛する錦紅は、いつでも僕のそばにいた。そして禹やCからもらった十円紙幣を何枚も取り出し、僕に甘えかかって自慢してみせたりした。

---

4　朝鮮時代の貴族階級に相当する人々。文官と武官の双方を指すためこの名称となる。転じて身分の高い男性、紳士をも指す。

5　道楽者、身持ちの悪い男性。

そうこうするうち僕は、伯父の一周忌のために帰京しなければならなくなった。桃の花が満開で、あずまやの傍らを湧き水がさらさらと流れる眺めの良い場所を訪ねて、僕たちは別れを惜しんだ。停車場で僕は錦紅に十円紙幣を一枚握らせてやった。錦紅はこの金で質に入れた時計を取り戻すと言いながら泣いていた。

## 2

錦紅が僕の妻になってからというもの、僕ら夫婦は本当に愛し合っていた。お互い、過去は問わないことにしていた。過去といっても、僕に過去といえるようなものがあるわけでなく、いわば僕が錦紅の過去を問わないと約束したも同然だった。

錦紅はやっと二十一歳だったが、三十一歳の大人より大したものだった。三十一歳より大したものである錦紅が僕の目には十七の少女としか見えず、錦紅の目に四十歳の人間と見える僕は実は二十三歳で、だけど少々思慮が浅くて、まるで十歳かそこらの子供みたいだった。僕ら夫婦はこんなふうに、世にも稀《まれ》な、目にもまばゆい仲むつまじさだった。

そして無為な歳月が――。

一年が過ぎて八月、夏というには遅く秋というには早いそのさなかに――。

錦紅には、昔の生活への郷愁が訪れていた。

僕は夜でも昼でも横になって寝ているばかりだから、錦紅は退屈だったのだ。それで錦紅は外へ出かけ、退屈ではない人たちに会い、退屈ではない遊びをやって帰ってくるという――。

つまり、手狭な生活が錦紅の郷愁を発展させ、飛躍させたと、そういうことにすぎない。

なのだが今度は、錦紅が僕にそれを自慢しない。しないばかりか隠すのだ。

これは錦紅らしくないことといわざるをえない。隠すようなことかい？　隠さなくていいのに。自慢すればいいのに。

僕は何も言わなかった。僕は錦紅の娯楽に便宜を図るため、ときどきP君の家に行って泊まった。P君が僕をかわいそうだと言ったっけ、今、そんなことを思い出す。

僕はまた、こんなことを考えなかったわけでもない。すなわち、人妻たるもの、貞操を守るべきであると！

錦紅は、僕を懶惰な生活から目覚めさせるためにわざと姦淫したのだと、僕は好意的に解釈したかった。ところが錦紅は、世間なみの妻の礼節を守るふりをしてみせた。錦紅としてはいわば千慮の一失というほかはない。

そんなふざけた貞操を看板にしようとするものだから、僕は自然と外出が増え、錦紅の事業に便宜を図るため、僕の部屋までも開放してやることになった。そんなことをしていても歳月は流れていくものだ。

ある日僕は理由もなく、錦紅に手ひどく殴られた。僕はその痛さに泣き、家を出て三日も戻らなかった。錦紅が本当に怖かった。四日めに帰ってきてみると、錦紅は汚れたポソンを部屋の隅に脱ぎ捨てて、出てってしまった後だった。

かくも無様に男やもめになってしまった僕に、何人かの友達が錦紅に関するよからぬゴシップを聞かせてくれて僕を慰めたが、僕には終始、友人たちのその手の趣味が理解できなかった。

錦紅と男がバスに乗って遠く果川《クァチョン》の冠岳山《クァナク》[6]まで行くのを見たというのだが、それが本当ならばその人は、僕が追いかけてきてひどい目にあわせるのではないかと怖くて逃げたのだろうから、ずいぶんと臆病なものだ。

## 3

人間を一時拒否することにした僕の生活からは記憶力の敏捷な作用が消え去って、二ヶ月後にはもう、錦紅という名前まできれいさっぱり忘れてしまった。そんな隔絶した歳月の中で、吉日を見定めて錦紅が往復葉書のように帰ってきた。僕はただもうびっくりした。

錦紅の姿は思いのほか憔悴して見え、本当に悲しかった。僕は叱りもせずにビールとたい焼きとクッパをごちそうして、錦紅を慰めた。だが錦紅はなかなか怒りを解かず、泣いて僕に恨み言を言った。僕まで手もなく泣いてしまった。

---

6 ソウル南部の山で手頃な行楽地。

「そんなこと言ったって遅すぎるよ。だってもうふた月にもなるんじゃないか？　別れようよ、ね？」

「それじゃ、あたしはどうなるのよ、ねえ？」

「いいとこがあったら嫁《い》くとかさ、ね？」

「じゃあ、あんたもお嫁をもらうの？　え？」

別れるにしても労《いた》わって送り出してやるべき。僕はこのような良識のもとに錦紅と別れたのだよ。出ていくとき錦紅は、僕に贈り物として枕をくれた。

ところが、その枕がだ。

この枕は二人用だ。いらんというのに無理に押しつけていったこの枕を僕は二週間というもの、一人で使ってみた。長すぎて困るのだ。困るだけじゃなく、僕の頭からは匂わないはずの妙な髪油と垢の匂いがして、いささか安眠が妨害される。

僕はある日錦紅に葉書を出した。「重い病気で寝ているから、すぐに戻れ」と。

帰ってきた錦紅は僕をたいへん気の毒がった。このままではきっと何日ももたずに飢え死にするものと見えたのだろう。両手を腕まくりして、今日から自分が外で稼いで僕を食わせてやるという。

「オーケー」

これぞ人間にとって天国というものだな──とはいえ、ちょっと気候が寒かった。

しかし僕は大いに安逸を感じ、くしゃみもしなかった。

こんなふうにして二ヶ月？　いや五ヶ月だっただろうか。錦紅はまた忽然と出てってしまった。

一ヶ月もしたら錦紅がホームシックにかからないかと期待したあげく、僕はくたびれはててて家財道具をたたき売り、二十一年ぶりに「家」に帰った。[7]

帰ってみると家は老衰していた。そしてまたこの不肖李箱《イサン》が、老衰した家を蓬《よもぎ》の生い茂る荒れ地にしてしまった。その間、二年ほど──。

そうこうするうち僕も老衰してしまった。僕は二十七歳にもなってしまった。

天下の女性は多少なりとも売春婦の要素を持っているものと、僕は一人固く信じている。それでも僕は、売春婦に銀貨を支払うときに一度も彼女らを売春婦だと思った

---

7　李箱は二歳のときに伯父の家に養子に出され、成長した後、伯父の死後に両親の家に戻ったことがある。詳しくは解説の二五二頁参照。

ことはない。これは僕と錦紅との生活から得た体験だけでは成立しない理論のように思えるが、実際これは、本当の話だ。

## 4

僕はいくつかの小説と何行かの詩を書いて、衰えゆく僕の心身にさらなる恥辱を加えた。これ以上僕がこの地で生存を継続するのはどうにも困難なところまで辿りついた。ともあれ僕は、体《てい》のいい言い方でいえば、亡命しなくてはならん。

どこへ行こうか。僕は人に会うたび、東京に行くと豪語した。そればかりか、ある友達には電気技術を専門的に勉強するのだと言い、学校時代の先生に会えば高級単式印刷術を研究すると言い、仲の良い友には、俺、五か国語に熟達するつもりなんだぜと言い、ひどいときには法律を学びますとさえ大嘘を並べたてたのだ。たいがいの友人はだまされていたらしい。しかしこんな嘘の宣伝を信じない人も少しはいる。ともかくこれが、ついにすってんてんになってしまった李箱の最後の空砲にすぎないことだけは、事実だろう。

ある日、僕が相変わらずそんな空砲を撃ちながら友達と酒を飲んでいると、僕の肩をトントンとたたく人がいる。「キンサン」[8]という人だ。「キンサン（李箱も実はキンサンだ）[9]、実にお久しぶりですねえ。ところでキンさんにぜひ会いたいというお人が一人いるんだが、キンさん、どうなさる」

「そりゃ誰だろう。男？　女？」

「それが女だから面白いじゃないですか」

「女だって？」

「キンサンの、昔のオクサン」

錦紅がソウルに現れたというのだ。来たなら来たでいいのだが、何で僕に会いたがるのだ？——

僕はキンサンから錦紅の宿泊先を聞いたけれども、どうしたものかとためらった。

---

8　「金さん」。「金」という苗字の朝鮮人を指す。

9　李箱の本名が「金海卿《キムヘギョン》」であるため。

宿は錦紅の妹分である一心《イルシム》の家だった。

とうとう僕は会おうと心を決めて、一心の家を訪ねていった。

「姉さんが来てるんだって？」

「あらあ——お兄さんたらもう亡くなっちゃったのかと思ってましたわ！　何だって今ごろいらしたの。どうぞお入りになって」

錦紅はやっぱり憔悴している。その顔に、生活戦線での疲労の色が如実に現れている。

「あんた一人に会いたくてソウルまで来たんだよ。でなけりゃ何のために来ると思うの？」

「そうかい、だから僕もこうやって会いに来ただろう？」

「あんた結婚したのでしょ」

「えい、聞きたくないや、そんな憎まれ口」

「じゃあ、してないっていうの」

「もちろん」

するとたちまち木枕《きまくら》が僕の顔面めがけて飛んできた。僕は昔と同じく無様に笑ってやった。

酒の膳が来た。僕も一杯、錦紅も一杯飲んだ。僕は寧辺歌《ヨンビョンガ》[10]を一節歌うと、錦紅が六字《ユッチャ》ベギ[11]を一節歌った。

夜はもう更け、僕らの話は、これがこの世とのついの別れだという結論にたどりついた。錦紅は銀の匙と箸で卓をタクタクと叩きながら、僕が一度も聴いたことのない裏寂しい唱歌[12]を歌った。

「だましだまされ　この世の夢よ　うねりくねって流れゆく　翳《かげ》る心に火をつけ給え云々」

（『女性』一九三六年十二月号）

10 朝鮮の民謡の一つ、「若き日は遊ぼう」といった歌詞で知られる。
11 朝鮮半島南部の民謡の一つ。
12 一般には文明開花や自主独立の精神を啓蒙するための近代歌謡のジャンルの一つだが、初期の大衆歌謡もそう呼ばれた。

# 〔童話〕牛とトッケビ

ある山里にトルセというたきぎ売りが住んでいました。三十歳を過ぎて結婚もせず、また、父母も親戚もなく一人ぼっちで、食べるものがあるうちはのらりくらりと遊んで暮らし、いよいよ困るとたきぎを売りに出かけます。

どこから取ってきたのか、ひとかかえにも余る松の大木を牛の背中にどっさり積んで、市場や村に売りに行くのです。朝早く日が昇るより前から、鈴をつけた牛を引いて、ほーい、ほーい……ちりん、ちりん……ほーい、ほーい――こんなふうに何十里[1]も離れた市場へ、村へ、たきぎが売れるまで牛を引いて回り、夕暮れどきにやっと家に帰ってきます。

その、鈴をつけた牛ときたら、トルセの大変な自慢のたねでした。トルセにとってはその牛が何よりも大事な財産でした。トルセは何マジギ[2]かになる自分の土地を売ってその牛を買ったのです。その牛はまだ若いながら、歳《とし》に比べてずっと背が高く、骨格もたくましく、また毛並みがきわだってきれいでした。長いしっぽを左右に揺らしながらたきぎをいっぱい背負ってのしのしと歩いていくさまは、見るからに立派でした。村一番のこの牛をトルセはとてもかわいがり、大切にしていました。

ある年の冬、よく晴れた日に、いつものようにトルセはたきぎを牛の背中いっぱいにどっさり積んで、村を目指して出かけました。村に着いたのはお昼ごろでした。その日は運がよかったのかすぐに買い手がついて、トルセはさほど苦労せずにたきぎを売ることができました。トルセはたいそう満足して、自分はおいしい昼ごはんを食べ、牛にもおなかいっぱいお粥《かゆ》を食べさせました。それからちょっと休んで、その日はすぐに帰るつもりでした。

来た道をしばらく引き返していくとにわかに空が曇りだし、北風が吹き荒れ、ちらちらとみぞれまで降ってきました。トルセは大事な牛が雪に濡れないかと恐れ、道沿

1　朝鮮の一里は日本の約四百メートルにあたる。
2　一斗分の種をまけるほどの面積を表す単位。立地や土地の肥沃度などにより、実際の面積は異なる。

いの旅籠《はたご》に入って二、三時間休みました。すると幸い、いくらも経たずに雪はやんでしまいました。

まだ日は暮れていなかったので、トルセは牛を引いて急いで出発しました。早く歩けば暗くなる前に家に帰れそうだと思ったからです。けれども冬の日は短く、半分も来ないうちに日が暮れはじめました。曇り空だったので、暗くなるのがなおさら早かったのかもしれません。

「困ったなあ」

トルセは薄情な空を仰いで一人つぶやき、そっと牛の背中を撫でました。

「冷えてきたし、道は暗いし、でも仕方がないな。さあ、急いで帰ろう」

トルセが一人言のようにつぶやくと、牛もそれがわかったのか、ちりん、ちりん、かたん、かたんと歩みを速めます。

こうしてしばらく歩いていって、ある山の中腹にさしかかったとき、道沿いの草むらの中から突然、猫ぐらいの真っ黒なものがぴょんと飛び出してくると、雪の上にひざまずき、ひれ伏して何度もお辞儀をしました。

「トルセおじさん、どうか助けてください」

トルセは最初びっくり仰天しましたが、こう言われたので足を止め、よくよく見てみますと、人だか猿だか見分けのつかない顔をしたその生き物は、体に比べてちょっと長すぎる細い手足を持ち、肌はあちこち黒ずんで、耳はつんと突き出し、短いしっぽまでついて、猿のようでもあり、猫のようでもあり、また見ようによっては犬のようでもありました。

「おっと、こりゃ何だ」

トルセはちょっと驚いて叫びました。

「いったいお前は何者だ」

「私の名前は山の起き上がりこぼしというのです」

「何だと？　山の起き上がりこぼし？」

トルセはすぐに、何かの本で見た絵を思い出しました。その本には、顔は人間と猿の中間ぐらいで、しっぽがあって手足が長く、耳がつんと突き出た生きものが描かれていて、その横に「トッケビ」[3]と書いてあったのです。

3　朝鮮半島に伝わる妖怪、聖霊の総称。小鬼。

「嘘をつくな、こいつめ」

とトルセは怒鳴りつけました。

「お前、トッケビの子だろ」

「はい、本当はそうです。でも起き上がりこぼしとも言います」

「ハハハハ、やっぱりトッケビだったんだな」

トルセはげらげら笑いながら体をかがめて、尋ねました。

「それにしても、まだ宵の口からトッケビが出てきて、しかも助けてくれとは、いったい何ごとだい?」

トッケビの子の話はこうでした。

今からおよそ一週間前のこと。暖かい日だったので、トッケビの子が五、六匹集まって、人家のそばへ遊びに出かけたんだそうです。一日じゅう楽しく遊び、さて帰ろうとしたときに、ちょうど村の猟犬に捕まり、しっぽに嚙みつかれてしまいました。ようやく体は引き離して逃げたものの、しっぽは真っ二つにちょんぎれてしまったので、いろんな術が使えなくなってしまったというのです。それればかりか、一匹だけはぐれてしまい、友達にもすっかり忘れられ、仕方なく今まで山腹の森の奥に隠れていたというのでした。

トッケビにとってしっぽはとても大切です。しっぽがなければまず術を使うことができませんから、遠い山奥にある家にも帰れず、おなかが空いて食べものを探しに行くにも猟犬が恐ろしい。寒い日にはしっぽの傷がうずいて痛み——というわけで、身動きもとれず、一週間も森の中に隠れていましたが、ちょうどトルセが通りかかったのを見て、助けてくれと飛び出してきたというのです。

「どうか今度ばかりは助けてください。ご恩は一生忘れません」

話し終えたトッケビの子は頭を地面にこすりつけ、両手をもみ絞って祈らんばかりにします。

話を聞いてよくよく見てみると、果たして体はすっかり痩せ細り、しっぽにはまだ傷跡が生々しく残って、寒さに耐えられず全身がぶるぶると震えています。トルセはその様子を見て、いくらトッケビの子とはいえ……と哀れに思い、

「助けてやるのは造作もないが、いったいどうしてくれというのだい」

と尋ねました。

「トルセおじさんの牛はほんとに立派な牛です。その牛のおなかの中を、きっかり

二ヶ月だけ私に貸してください。その後は、いてくれと頼まれても出ていきますよ。二ヶ月だけです。二ヶ月過ぎさえしたら陽気もよくなり、傷も治るでしょうから、そうなったら思うように動き回れます。それまでどうかこの牛のおなかの中にいさせてください。決して嘘ではありません。嘘をついておじさんをだますどころか、牛のおなかにいられる間はこの牛を今の十倍も強く元気にしてさしあげます。ですからどうぞ、一ぺんだけ助けてください」

この話を聞いてトルセは何も言えなくなってしまいました。かわいい、大事な牛のおなかにトッケビの子を入れて連れ歩くなんて、できることではありません。だからといって断ったら、トッケビの子供は最後には凍え死んでしまうでしょう。いくらトッケビでも、そんなことになるのをただ放っておくわけにもいかないし、しかも牛の力を今の十倍も強くしてくれるなら、さほど困った話ではありません。

答えに詰まったトルセが牛の背中をたたきながら「どうしたらいいかなあ」と聞いてみると、牛はその意味がわかったのか、こくん、こくんとうなずきます。

「じゃあ、お前のしたいようにしな。きっかり二ヶ月だけだからな」

トルセはトッケビの子を見て、こう念を押しました。

トッケビの子は躍り上がって喜び、百ぺんもお礼を言い、ぴょんぴょん跳んで牛のおなかの中に入ってしまいました。
トルセはくすくす笑ってまた牛を追いはじめました。すると、何と驚いたことでしょう。牛がさっきまでの十倍も早く歩くので、まるでついていけません。仕方なく牛の背に乗ると、牛はちりん、ちりんと鈴をしきりに鳴らしながら走り、あっという間に村に帰りつきました。

やはりトッケビの子が言った通り、トルセの牛は前の十倍も力が強くなったのでした。その翌日からは、たきぎを山のように積んだクルマ[4]さえ、まるで引いていないみたいに一目散に走ります。前は一日かけて行った市場へ、翌日からはどんなにたきぎをたくさん積んでいても日に三回も往復できました。

歩いていてはとても追いつけないので、トルセは新しくクルマをもう一台買い、昼も夜もそれに乗って動きました。おおー、これはほんとに大したもの……とトルセは天にも昇ったように喜びました。ですから前よりもずっと牛をかわいがり、大切に思

4 ここでは荷車を指す。

うようになりました。

さて——こうなりますと、里でも村でももう大騒ぎです。トルセの牛が山のようにたきぎを積んで日に三度も市場との間を往復するのを見て、みんな目がまん丸になりました。中には、なぜあんなに牛の力が強くなったのかと、うるさく聞き出そうとする人もおり、また、欲しいだけお金をあげるからあの牛を売っておくれと頼み込む人もいましたが、トルセはにこにこするだけで返事さえしませんでした。

「何と言われても、うちの牛が一番だ」

そのたびにトルセはそう思い、もっとおいしいお粥を食べさせ、ちりん、ちりん、ほーい、ほい——と浮き浮きして牛を追いました。

生来怠け者のトルセでしたが、翌日からはただただ牛を追うことが面白くてたきぎを売り歩いたので、お金もいっぱい貯まりました。雪の降る日やとても寒い日にゆっくり休もうとしても、牛がいうことを聞きません。明け方早くから牛舎《ぎゅうしゃ》の中で地面を蹴り、露を振り払い、あり余る元気を抑えきれずにぴょんぴょん飛び跳ねます。そうなるとトルセは仕方なく、また牛を引いて出かけるしかありません。

こうしているうちにいつの間にか、ほぼ二ヶ月が経ってしまい、三月の晦日《みそか》が近づいてきました。そのころからなぜか、牛のおなかがやたらとふくらんできました。トルセはたいそう驚き、暇さえあれば大きなおなかをさすってもやり、薬を飲ませてもみましたが、まるで効き目がありません。お年寄りに見てもらっても、何のせいだかわかる人はいませんでした。

トルセは毎日、心配で心配でたまりません。おそらくこれはおなかの中のトッケビの子のいたずらだろうとぼんやり想像はつきますが、最初にぴったり二ヶ月間だけと約束したのですからどうすることもできません。また、牛はただおなかがふくれるだけで、別に元気がなくなるわけでも、病気になるわけでもなかったので、

「まあいいや、しばらくこのまま放っておこう。何日か待てばどうにかなるだろう。死ぬところだったのを助けてやったんだから、まさか悪いようにはするまい」

こう思って四月になることだけを待ちわびました。

牛は変わることなく、力いっぱいクルマを引いて、山でも坂でも平地のように走っていました。

とうとう三月の晦日が迫ってきました。

トルセはようやくふうーっとため息をつき、その日一日だけは牛をゆっくり休ませ

ることにしました。そして、せっかくならもう一日だけトッケビの子を置いてやることに決め、牛を牛舎につなぐとおいしいお粥を食べさせて、自分はさっさと寝てしまいました。

翌日、四月の最初の日の夜明けのことです。ふと気がつくと、牛舎からどしん、ばたんとやかましい音が聞こえてきました。トルセはびっくりしてすぐに目を覚まし、飛び起きました。

誰かが牛を盗んでいったのではないかと心配になり、トルセは服も着替えず、裸足で庭に飛び降り、一息に牛舎の前まで駆けつけました。するとどうしたことか、トルセの牛は牛舎の中で歯を食いしばり、苦しくて耐えられないというように、狂ったようにぴょんぴょん飛び跳ねます。かわいそうに、脂汗をどっさり流し、さかんに首を振り立てて、力も尽きてしまいそうです。

トルセはあっと驚き、狂ったように飛び跳ねる牛の手綱《たづな》をつかんで引っ張りました。けれども牛はちょっとやそっとでは収まらず、なおさら力を振り絞って苦しそうに飛び跳ねます。

「いったいこれはどうしたわけだ」

仕方なくトルセは牛の手綱を放し、ため息をつき、魂が抜けたようにその場に突っ立ってしまいました。

「トルセおじさん、トルセおじさん」

そのときです。どこかから確かに自分を呼ぶ声がしました。トルセはその声を聞いてぱっと正気に戻り、あたりを見回しました。けれども誰もおりません。そのときまたどこからか、小さな声が聞こえてきました。

「トルセおじさん、トルセおじさん」

どう考えてもその声は牛の口から出ているようでした。そこでトルセはよくよく見ようと、牛の口に耳を当ててみました。

「トルセおじさん、私です、私です、わかりませんか？」

それでようやくトルセは、その声を思い出しました。

「おお、お前はトッケビの子だな、すっかり夜が明けたのに、何だってまだ人の牛の腹の中にいるんだい。約束の日は過ぎたんだから、すぐに出てこなくちゃだめだろう」

すると牛のおなかの中からトッケビの子はこう返事をするのでした。

「出ていきたいけど、大変なことになっちゃったんです。トルセおじさんのおかげで二ヶ月のんびりできてほんとにありがたかったけど、毎日寝て暮らして、おじさんのくださるおいしいものを食べていたでしょ。約束の日だから出ていこうとしたら、これまでにすごく太ってしまったらしくて、牛の咽喉が狭くて出ていけなくなっちゃったんですよ。無理に出ようとすれば出られそうですけど、そうすると牛が痛いらしくて、すごく飛び跳ねて狂ったみたいになるんです。大変なことになりました」

トルセはそれを聞いてすっかり呆れてしまいました。

「いったいどうしろというんだ、本当に大変なことになったもんだ」

トルセは腕組みをして考え込んでしまいました。トッケビの子に牛のおなかを貸してやったことを深く後悔しましたが、それが今さら何になりましょう。何よりも、牛がかわいそうで、トルセはもう涙がじわっとにじみ、泣き出しそうになりました。

そのときまたトッケビの子の声がしました。

「あ、トルセおじさん、いい考えがあります。どうにかして、この牛があくびするようにしてくださいな。口をあんぐり開けてあくびをしたら、そのとき私がさっと飛び出します。そうでないと一生このおなかの中で暮らすか、またはおなかの皮を破って出ていくしかありません。あくびをさせてくだされば、代わりに、この牛の力を今の百倍にも強くしてさしあげましょう」

「そうか、わかった。じゃあ、俺が牛にあくびをさせるまでじっと待っていな」

それで牛が助かるならと、トルセはすぐさまそう返事はしたものの、よく考えてみるとこれは難問です。

いったいどうやったら牛があくびをするのか、さっぱりわかりません。それだけではありません。牛があくびをするのをトルセは今まで一度も見たことがないのです。それで、やたらと横っ腹をつついてみたり、鼻の穴に棒を突っ込んだり、くすぐってみたり、鼻づらを撫でてみたりとして——ありとあらゆる知恵と機転を利かせてみましたが、牛はあくびどころかうるさそうに体をよじり、頭を振り、二、三度立て続けにくしゃみをしただけです。あくびをする気配はまるでありません。

だからといってこのまま放っておいたら、トッケビの子はおなかの中でどんどん大きくなって、そのうち腹の皮が弾けてしまったり、または食いちぎられて、大事な牛が死んでしまうでしょう。土地を売って買った牛です。この世にまたとない後生大事なかわいい牛がそんな目にあうなんて、何ということでしょう。トルセはもどかしく悔しく悲しく、どうしていいかわかりません。

困った末にトルセは服を着替えて村に駆け降りていきました。

「どうすれば牛があくびをするのか、知っている方はどうぞ教えてください」

村に降りてきたトルセは会う人ごとに捕まえて大声で尋ねましたが、誰もそれを知っている人はおりません。村いちばんの年かさで何でも知っているお年寄りさえ、首をかしげるだけで答えられませんでした。

そうやってしばらく聞いて回ったあげく、トルセは結局何もわからないまま、家に帰ってきてしまいました。もう何もかもおしまいだと思うと、目の前が真っ暗になり、すっかり途方に暮れてしまいます。しょんぼりとうなだれて、何度か長いため息をつきながら、トルセは牛舎の前に戻って、気が抜けたように牛の顔を見つめました。

何年も自分のために力を貸してくれて、頑張ってくれたかわいい牛！

あと何日かしたら、トッケビの子のせいでおなかの皮が破れて死んでしまうかわいい牛！

それを思うと人が死ぬのに負けず劣らず、哀れで悲しく無念です。

うまうまとあいつにだまされて牛の腹の中を貸してやったのかと思えば後悔もしま

すし、また、そんなばかな自分を自ら罵ったりもして――けれどもそれが今さら何になりましょうか。しばらくしたら、二つとないトルセの宝物だった牛は死んでしまい、トルセはまた寂しい一人ぼっちになってしまうという、そのことだけが事実です。

がまんできずにトルセは涙をこぼし、声を上げて泣いてからようやく頭を上げ、もう一度牛の顔を見つめました。牛も自分の身の上を察したのか、またはトルセの心がわかったのか、ずっしりと重い体を揺らし、やはり悲しそうにトルセの顔を見つめています。

しばらくそうして身動きもせず、トルセは牛小屋の前にうずくまって牛の顔ばかりを見つめていました。ごはんを食べる気にもなれません。おなかもすきませんでした。ただただ、かわいい牛と別れることが悲しかったのです。お昼が近づくまで、トルセはこうして牛の顔を見ているばかりでした。するとだんだん疲れてきて、目が痛くなり、頭がぼーっとしてきました。そして自分でも気がつかない間に、口をあんぐり開けて長いあくびをしてしまいました。

そのときです。トルセがあくびをするのを見た牛が真似して自分も長いあくびをしはじめました。

それを見たトルセがぴょんと飛び上がって喜び、手を打ったときです。あんぐり開いた牛の口から、まるまると太ったトッケビの子がぴょんと飛び出してきました。

「トルセおじさん、ほんとに長いことありがとうございました。おじさんのおかげでこんなに太ったのですから、おじさんのご恩は骨身に染みてありがたいことです。代わりにおじさんの牛が今の百倍強くなるようにしてさしあげます」

トッケビの子はトルセの前にひざまずいてこう言うと、額をすりつけておじぎをし、傷の治ったしっぽを引っ込めて二度、三度ととんぼ返りをしました。そしてどこかへ行ってしまいました。

そのときになってトルセはやっと正気に返りました。今までのことは夢だったのか本当なのか、しばらくはっきりわかりませんでした。それから頭を上げて、細くなった牛のおなかを見ると、初めてすべてを悟り、ハハハハと大きな声を上げて笑いました。そして、かわいくてたまらないというように牛の背中を撫でました。

「おお、いいぞ」

死ぬところだった牛は生き返っただけではなく、次の日から今までの百倍も力が強くなって世間の人々を驚かせました。トルセはいっそうまじめになり、朝早くから百馬力の牛を追い、「トッケビどころか恐ろしいお化けが来たとしても、かわいそうな者は助けてやらにゃ」と心の中で言うと、鼻歌を歌いました。

（『毎日申報』一九三七年三月五日〜三月九日、本名の金海卿名義で連載）

# 〔随筆〕東京

僕が思い描いていた「マルノウチビルディング」――俗に言う「マルビル」は、少なくともこの四倍は広くて立派なはずだった。ニューヨークのブロードウェイに行っても同じような幻滅を味わうんだろうか――とにかく、この都市はひどくガソリン臭いぞ！　というのが東京の第一印象だ。

僕らのように肺がまともでない人間には、まずもってこの都市に住む資格がない。口を開けていても閉じていてもガソリンの匂いが染み込んできて、何を飲み食いしてもガソリン味から逃げられない。東京市民の体臭は、自動車の匂いに近づいていくことだろう。

「マルノウチ」というこのビルの町では、ビルの外に住民はいない。自動車が靴の代わりだ。歩いているのは世紀末と現代資本主義を睥睨《へいげい》する高潔なる哲学の徒だけで――そうでない者はみな仕方なく自動車をはいて歩く。だのに僕ときたら、あてもなくこの街を五分ほども歩いた末に、賢明にもタクシーをつかまえて乗るしかなくなってしまって――。

僕はタクシーの中で、二十世紀という主題について研究した。窓の外は今、皇居[1]のホリの端《はた》――無数の自動車が営々と、二十世紀を維持すべく大騒ぎだ。十九世紀の饐《す》えた匂いをぷんぷんさせている僕の道徳性は、何でこんなに自動車が多いのか理解できないのだから、つまるところはずいぶんと大人しいのだろうな。

新宿には新宿ならではの性格がある。薄氷を踏むような贅沢――僕らはフランスヤシキ[2]で、最初から牛乳を混ぜてあるコーヒーを一杯飲み、十銭ずつ払い、普通のコーヒー代の九銭五厘より、混ぜた牛乳の分の五厘の方が高いような気がした。

「エルテル」[3]――東京市民は仏蘭西を「FURANSU」と書く。ERUTERUは

1　原文では「宮城」。
2　仏蘭西屋敷。新宿の映画館・武蔵野館のそばにあった喫茶店。

世界一味わい深い恋愛をした人間の名前[4]だと僕は記憶してるんだが、エルテルじゃあ少しも悲しくない。

新宿——繁栄という名のこの町の三丁目は鬼火のよう——ここから先にあるのは板塀と売れない土地と、小便を禁ずという掲示、もちろん家もあるんだろうけれども。

眠くてたまらない僕をC君が築地小劇場[5]に連れてゆく。劇場は休みだ。とりどりのポスターを貼りつけたこの日本新劇運動[6]の本拠地は、僕の目には設計のまずい喫茶店みたいに見える。それでも僕も、三文映画を見逃すことはあってもこの小劇場だけはときどき参観したのだから、演劇愛好家としては高級だ。

「人生より芝居の方が面白い」と語るC君とは逆に、H君は懐疑派だ。H君のアパートの部屋代は、冬が十六円、夏が十四円、春と秋は十五円。山鳩みたいにくるくると変わるこの会計方法に対する彼の懐疑と嘲笑は深く、大きい。僕は健忘症がちょっとひどいので、こんなふうに季節によってころころ変わるのが上手だったりしない部屋を希望したのだが、こんな遠くまで田舎から出てきたあなたも才能のある人間なのでしょうねと、ジョチュ嬢[7]が僕を慰めるのだ。僕は彼女の左の小鼻のほくろを指して、それだってあなたの幸福を象徴しているのだろうとねぎらってやり、ついでに、富士山を一度じっくり拝めたら言うことないんだけどね、とつけ加えた。

翌朝七時に地震があった。上げ窓を開けて揺れる大東京を眺めると、あたり一面が黄色い。むこうのよく晴れた空に、おままごとのお菓子みたいに可憐な富士山が半白の頭を出しているのを見ろと、ジョチュ嬢が僕を激励した。

銀座はさながら一冊の虚栄読本である。そこを歩かなければ投票権をなくしてしまうとでもいうような。女たちは新しい靴を買ったら、自動車に乗る前に必ず銀座の歩

3 新宿にあった喫茶店と思われる。
4 ゲーテの『若きウエルテルの悩み』を指す。
5 一九二四年に土方与志《ひじかたよし》と小山内薫《おさないかおる》によって築地に建てられた日本初の新劇の常設劇場。
6 西欧の近代演劇の影響を受け、歌舞伎・新派劇などの旧来の演劇に対抗して新しい演劇を作ろうとする運動。
7 当時でいう「女中」。

道を踏み締めに来なくてはならない。

昼間の銀座は夜の銀座のための骸骨だから、なかなかに醜い。「サロン ハル」[8]の曲がりくねったネオンサインを構成する火かき棒みたいな鉄骨がもつれたさまは、徹夜した女給のパーマネントウェイヴなみの襤褸《らんる》である。しかし警視庁が「道に痰吐くべからず」と広告を並べているから、僕は唾を吐くこともできない。

僕の測量では、銀座八丁目あたりが二尺半というところだろうか。なぜか？ 赤い髪の毛を乱した一人の「モダン令嬢」に、三十分で二回半もお目にかかれたからだ。令嬢は今、一日の中で最も美しい時間を消化しようとお出かけになったようだが、僕の無味乾燥なプロムナード[9]など、一種の反芻にすぎない。

僕は京橋のそばの地下公衆便所でそそくさと排泄をすませながら、東京へ行ってきたとあんなにも自慢していた友人たちの名を、ひとわたり唱えてみたのだ。

走師[10]——十二月も大詰めという意味だ。銀座の街の曲がり角ごとに、救世軍の社会鍋[11]が歩兵銃みたいにぶらさがっている。一銭——一銭あればガスで鍋一杯の飯が炊ける。この貴重な一銭を、社会鍋に放り込むわけにはいかない。ありがとうという声は、一銭分のガスほどにも僕らの人生のためにならないばかりか、ときには爽やかな散歩を不快なものにすることもあるのだから、ボーイやガールが慈善鍋を白眼視するのもまんざら理にかなってないわけでもない。妙齢の女子救世軍――顔の吹き出物が難ではあるが青春の魅力に溢れていて、「閉経後に入隊しても遅くはないでしょうよ」と、僕は丁重に転向を勧めたかった。

三越、松坂屋、伊東屋、白木屋、松屋、これら七階建ての建物群は、この時期、夜も眠らない。だけど僕らはそこに入っていけない。

なぜか？　だって僕らにとっては一階も七階も似たようなものだし、山積みの商品と旺盛に繁茂するショップガール[12]のせいで道に迷ってしまうから。

8　カフェーの名前と思われる。
9　散歩の意。
10　「師走《しわす》」の誤植と思われる。
11　世界的組織である救世軍が年末などに生活困窮者への支援のために「社会鍋」と呼ばれる鉄鍋を街頭に設置して行う募金活動。
12　女性店員を指す。

特価品、格安品、割引品、どれにしようか。どれにしたところで、こんな術語は辞書には出ていない。だとすりゃ特価格安割引品より安いものはない。流石《さすが》に宝石や毛皮に安物はないのだから、安物をばかにするこの手の顧客の心理をよくわかっていらっしゃる重役たちのスローガンは実に、面目躍如たるものだ。

夜になると、何の冠詞もつかないただの「銀座」が出現する。コロンバン[13]のお茶、紀伊國屋[14]の本がこのあたりの人たちの教養だ。だがもう少し上品に、ブラジル[15]に入ってストレートを一杯飲む。飲み物を運んでくる女たちは皆おそろいの紅葉柄の着物を着ている[16]が、僕には性病模型[17]みたいに見えていただけなかった。ブラジルでは石炭の代わりにコーヒーを燃やして汽車を走らせるというが、これほどまでに濃い石炭をいくら飲み干しても、僕の情熱に火がつくことはない。

アドバルーンが着陸した後の銀座の空では、神のご思慮によって星もまたたくのだろうが、これらカインの末裔[18]どもはすでに星を忘れて久しい。ノアの洪水よりも毒ガスを恐れよと教育されたここの市民たちは素直にも、地下鉄で散歩帰りの家路につく。

李太白《イテベク》[19]の遊んだ月よ![20] お前もいっそ、十九世紀とともにことされてしまった方が、どれだけよかったか。

（『文章』一九三九年五月号に遺稿として掲載）

---

13 銀座の有名なフランス菓子店、喫茶店。
14 新宿の有名な書店。
15 銀座にあった有名な喫茶店。
16 当時のカフェーなどの女給は季節に合わせてお揃いの着物を着ることがあった。
17 衛生教育などのために作られた人体模型で、梅毒に見られる赤い発疹などを模したものと思われる。
18 旧約聖書のカインとアベル兄弟の物語にちなみ、優しい弟アベルを殺して楽園を追放されたカインになぞらえ、人類全体を指す表現。有島武郎の同名の小説も有名。
19 唐の詩人李白。太白は号。
20 朝鮮の民謡「ケゴリ打令《タリョン》」の歌詞「月よ月よ、きれいな月よ、李太白と遊んだ月よ」による。

〔小説〕失花

1

ひとが
秘密を持たぬのは　財産を持たぬと同じほど貧しく寂しいことだ。

2

夢——夢ならいいのに。だが僕は眠っていない。横にさえなっていない。
座って僕は聞いている。（十二月二十三日）
「アンダー・ザ・ウォッチ——時計の下ということですね——ファイブ・タウンズ——五つの町ということですね——この青年は煙草がこの世でいちばん好きなんで

す——くいっと曲がったながーいパイプに香りのいい煙草を詰めて、ぷかり——ぷかりと煙を吐き出しながら座っているときが、何よりの楽しみなんです」[1]

（僕の方こそ東京に来てやけに煙草が増える一方だ。怒りがうっと——込み上げてくるとき、あの——肺までぐっと来る煙でも——吸い込まないことには、この発狂しそうな心情を抑えようがない）

「恋をしたんです！　高尚な趣味——優雅な性格——そういうところが好きだったという女の遺書ですね——死ぬだなんてとんでもないわね——先生、私なら死にませんわ——死ぬほど愛するなんてできることでしょうか——できるって言いますけれど——私にはわかりませんけど」

（はじめっから僕が馬鹿だったんだ。何も知らずに妍《ヨニ》[2]と死ぬ約束をしたんだからな。死ぬほど愛していたのに、会って別れておよそ二十分か三十分もすれば、妍は、僕が「まさか」と思っていたSの胸に抱かれていたっけ）

---

1　イギリスの作家アーノルド・ベネット（一八六七〜一九三一）の小説"Anna of the Five Towns"の一部と思われる。英語の課題の予習をしている様子。

2　この女性像には、一九三六年に李箱が結婚した卞東琳《ピョンドンニム》が影響を与えているといわれる。

「でもね先生――その男の人は本当に性格が善いの――煙草もいいし声もいいし――この小説を読んでいると――その人が呟《つぶや》く声が聞こえてくるようだわ。この人が一緒に死のうと言ったら、そのときになってみなきゃわからないでしょうけど、今の私なら死ねそうな気がします。先生、人は本当に死ぬほど愛することができるんですか？ できることなら私も一度、そんな恋がしてみたい」

（そうかい、世間知らずのC嬢よ。妍は約束してから二週間めになる日に、私たち死ぬのはやめて一緒に生きていきましょうと言ったんだよ。だまされた。あのときからだまされていたんだ。愚かなことに僕は、生きていけると信じたよ。それだけなもんか。妍が僕を愛しているのだとまで）

「課題はここまでしかやっていません――青年は最後には――とおーいところまで旅に出るらしいです。何もかも忘れようとして」

（ここは東京だ。僕は何のつもりでこんなところまで来たんだろう？ 赤貧洗うが如しだ――コクトー[3]が言っていたよな――才能のない芸術家がむやみに貧乏自慢をするものじゃないって――ああ、でも、僕に貧困を売り物にする以外、何が残ってるというのか。ここは神田区神保町[4]、僕が若いころ帝展[5]や二科[6]の絵葉書を注文していた先はま

さにこの町なんだな。そこで僕は今、体が悪い）

「先生！　この女が好きですか——好きなんでしょ——いいことよ——美しい死だと思います——そんなにも愛されたその男は——幸福でしょうね——先生——先生、先生」

（先生、先生か、李箱《イサン》先生のあごや口のまわりは、ああ——髭だらけだ、よくも伸びたもんだ）

「先生——何を——そんなに考えていらっしゃるんです——ねえ——煙草がすっかり燃えちゃうわ——あらもう——パイプに火がついたらどうするんです——ちょっと目を——お覚ましなさいよ。このお話は——おしまい。ねえ——何をそんなに考えているんです」

（ああ——ほんとにきれいな声もあるもんだ。十里先からでも聞こえそうな——高級

3　ジャン・コクトー（一八八九〜一九六三）。フランスの詩人、作家。一九三六年に来日。
4　書店街・学生街として知られる。李箱はここに部屋を借りてよく神保町を歩いていた。
5　帝国美術院が主催した官設美術公募展。
6　在野の美術団体・二科会の美術公募展。

時計の音みたいに優しくて正確で艶のあるピアニシモ――夢かな。僕は一時間というもの、ストーリーよりもその声を聞いていた。一時間――一時間くらい経ったかと思えばまだ十分だ――僕は寝てたのか？　いや、僕はストーリーを全部覚えてる。僕は寝てなかった。あの流れるように静かな声が僕の感覚をすっかり包み込み、あの声が眠っていたのだ）

夢――夢ならいいのに。だが僕は眠っていたのじゃない。横にもなっていない。

## 3

パイプに火がついたら？　消せばすむことだ。なのにSはくすくすと――いやにっこりと笑いながら僕を諌《いさ》めた。

「箱！　妍と別れなよ。別れた方がよさそうだ。箱が妍と夫婦？　そんなのわざとらしくて僕には見ちゃおれん」

「そりゃまたなぜだ」

このSという奴――妍は以前、Sのものだった。僕は今日、Sと向き合って、煙草を吸いながら談笑できる。ではSと僕の二人は親友だったか。

「箱！　お前の『EPIGRAM』という文章読んだぞ。[7] 一回――ハハハ、一回な。箱、お前の安っぽい優越感が俺にはおかしくってたまんないや。一回？　一回――ハハハ――一回」

「だったら（僕は気絶するほど驚いていた）一回以上というんなら――何回だ、S！　何回なんだ」

「一回以上とだけ思っておきなよ」

夢――夢ならいいのに。だが十月二十三日から十月二十四日まで僕は寝なかったんだ。[8] だから夢は見ていない。

（天使は――どこへ行ったって天使はいない。天使たちはみんな結婚したから）

7　李箱が一九三六年に雑誌『女性』八月号に発表した随筆。「誰も知らない私の秘密」という副題を持ち、主人公と姙《イミ》という女性と友人との三角関係を書いている。

8　十月二十三日は主人公と妍が結婚した日とみられる。

二十三日の夜の十時から僕は、ありとあらゆる手管を用いて妍を拷問した。

二十四日の朝、空がしらじらと明らむころになって妍はようやく口を開いた。ああ！　何たる長久の時間！

「最初は――言え」

「仁川の旅館」

「それは知ってら。二回めは――言え」

「……」

「言え」

「NビルディングのSの事務所」

「三回め――言え」

「……」

「言え」

「東小門《トンソムン》[9]の外の飲碧亭《ウムビョクジョン》[10]」

「四回め――言え」

「……」

「言え」

「……」

「言え」

枕もとの小机の引き出しにはよく切れる僕のかみそりが入っている。頸動脈を切ったら――この魔物は竹の節がグッと伸びるときのように、咽喉から勢いよく鮮血を噴き上げて即死するだろう。でも――。

僕は手早く髭を剃り、爪を切り、服を着替え、そして例年十月二十四日あたりの陽気なら何日で死体が腐りだすだろうかとじっくり考えながら帽子をかぶり、挨拶するみたいにまた脱いで手に持ち、それから部屋を――妍と半年寝食を共にした匂いの残る部屋をぐるりと見回してみると、飼おうね、飼おうねと言いながらとうとう飼わなかった金魚もここにはおらず――秋もこんなに深まったというのに、この部屋には菊一輪さえ飾られていない。

---

9　朝鮮時代に都を囲んでいた八つの城郭門の一つ。

10　料亭の名前。

# 4

だが今、C嬢の部屋では——故郷ではスケートもやるというんだが——二輪の菊が実にみずみずしい。

この部屋にはC君とC嬢が住んでいる。僕がC嬢を「奥さん」と呼ぶとC嬢は怒る。だがC君に聞いてみると、C嬢は「妻」だというんだ。僕はこの二人のうちどちらに会いにきたわけでもなく、東京生活があまりに寂しくて、今、この部屋に遊びに来たところだ。

アンダー・ザ・ウォッチ——時計の下での英語の授業は終わり、C君は朝鮮風のきせるをふかし、僕は目を開けない。C嬢の声は夢のようだ。イントネーションがない。流れるように途切れず続き、とても静かだ。

「先生（これがまた実は李箱翁を指す惨憺たる人称代名詞なのである）、どうしたんです——この部屋、気分が悪いですか？（気分？　気分なんて言葉は絶対、朝鮮語じゃないや）もっと遊んでおいきなさいよ――まだお休みになる時間でもないのに、帰ってどうするんです？ ね？ お話ししましょうよ」

僕はしばらくその谷川を流れる水のような声の持ち主C嬢の顔を見つめる。C君が虎みたいに健康だから、C嬢は血色が悪く、唇まで青ざめている。このオサゲという髪型をした少女は明日学校へ行く。行って、アンダー・ザ・ウォッチの続きを習う。ひとが――

秘密を持たぬのは 財産を持たぬと同じほど貧しく寂しいことだ。

講師はおそらく、C嬢の唇が、おなかに蛔虫を飼ってる以外のどんな理由であんなに青いのか知る由もあるまい。

そうだ、講師は始末の悪い質問をされてちょっと顔を赤らめたが、自分の方がはるかに高い地位にいることを思い出して叫んだ。

「この小娘がいったい、何をわかったような――」

しかし妍はふーんと鼻で笑った。わかってないって何のことよと[11]――妍は今、芳紀二十歳。十六歳のとき、すなわち妍が女学生だったとき、修身と体操を習う合間にその質素な下着が破れるようなことをした。以来、修身と体操は余暇としてときどきやるだけだった。

六――七――八――九――十。

五年――犬のしっぽも三年埋めておけばイタチのしっぽになるとかならないとか言うけれども――。

修身の時間には教頭先生が、家庭科の時間にはオールドミス[12]の先生が、国文の時間にはあばた面の先生が――。

「先生、先生――このかわいらしい妍が昨日の晩に何をやったか、当てたらえらい」

黒板の上には「窈窕淑女[13]」という、墨痕もしたたるような額がかかっている。

「先生、先生――私の唇がなぜこんなに真っ青なのか、当てたらえらい」

妍は飲碧亭に行った日もR英文科に在学中だった。前日の夜には僕と会って愛を誓い将来を誓い、その翌日の昼間にはギッシング[14]やホーソン[15]を学び、夜にはSと一緒に飲碧亭に行って服を脱ぎ、その翌日は月曜日だったから、僕と一緒に東小門の外へ遊びに行ってベーゼ[16]を交わした。SもK教授も僕も妍が昨晩何をしていたのか知らない。SもK教授も僕も間抜けで、妍一人が目をつぶってしらばっくれているのは稀代の天才ぶりだ。

妍はNビルから出て来る前にWC[17]というところにちょっと寄らねばならなかった。出てくればそこは南大門《ナムデムン》通り十五軒道路のGO STOP[18]の人波。

「ねえねえ、この妍が今、二階の右から二番目のS氏の事務所の中で何をやって出てきたか当てたらえらい」

そのときも妍の肌はりんごのような新鮮な光を発していたはずだ。でも気の毒な李箱先生には、こんな混み合った交通に向かって皮肉を言うための内緒の材料などない

11 旧制の小・中学校の教科で道徳に相当。教育勅語に基づくもの。
12 未婚のまま年をとった女性を指す、揶揄的な和製英語。
13 「窈窕」という言葉はなく、これは「窈窕」〈おとなしく淑やか〉という熟語の「窈」の字を窃盗の「窃」に変えて悪いイメージにした李箱の造語。
14 ジョージ・ギッシング（一八五七～一九〇三）。イギリスの作家。代表作に『ヘンリー・ライクロフトの私記』など。
15 ナサニエル・ホーソーン（一八〇四～一八六四）。アメリカの作家。代表作に『緋文字』など。
16 フランス語でキスのこと。
17 トイレのこと。
18 信号機のこと。

のだから、僕に財産がないことよりももっと貧しく、味気ない。

「C嬢！　明日も学校に行かなくちゃいけないのでしょうから、早くお休みなさい」

僕は頑固に帰ると言い張る。C嬢は、ではこの花を一輪持ってって部屋に飾れと言う。

「先生のお部屋はすごく殺風景なのでしょ？」

僕の部屋には花瓶もない。だが僕は二輪のうち白いのをくれと言って左の襟元に挿した。挿すと外へ出た。

## 5

菊の一輪もない部屋の中をぐるーっと一回見回した。うまくやりおおせたら、僕はもうこの醜悪な部屋を見なくてもすむ——のかもしれないと思ったら、涙ぐむしかなく——。

僕は脱いだ帽子をもう一度かぶり、これだけやれば妍への挨拶は抜かりなくすませたとばかり思っていた。

　妍は僕の後ろを三、四歩遅れてついてきているらしい。けれども僕は例年十月二十四日ごろには死体が何日で傷みはじめるのか、それを知ることの方が先だった。

「箱！　どこへ行くの？」

　僕はあわてて出まかせを答える。

「東京」

　むろん、これは嘘っぱちだ。でも妍は僕を引き止めようとしない。僕は出かけた。出かけたからには、えーと——どこへどうやって行き、何をしたものだろう。陽が西に沈む前に、僕は二、三日で必ず腐りはじめる一個の「死体」にならなければならないんだが、その方法とは？

　方法は漠としている。僕は十年という——長ーい歳月の間、顔を洗うたびに自殺を考えてきた。だが、決心の仕方も決行の仕方も、まるでわからないままだ。

　僕はありとあらゆる流行の薬の名前を誦《そら》んじてみた。

　それから、人道橋、変電所、和信《ファシン》[19]商会の屋上、京元《キョンウォン》線[20]といったものについて考えてみた。

だからといって僕は——これらすべての名詞の羅列はほんとにおかしいけど——まだ笑えない。

笑えない。日が暮れた。だめだ。僕はどこだか知らない郊外にいる。とにかく都心に戻らなくてはと思った。都心へ——人々はまだ誰が誰やらわからぬ面を晒《さら》して、がやがやと歩いていく。街灯が霧に滲んでいる。英国の首都、倫敦《ロンドン》がこんなだそうだけど——。

## 6

NAUKA社[21]のある神保町の鈴蘭洞《ヨンナンドン》[22]には古本の夜店が出ている。師走のかきいれどきだ——この鈴蘭通りもきれいに装飾されている。霧雨に濡れたアスファルトの上をあっちへこっちへ、夕飯を食べていない僕の足取りは蹌踉《そうろう》たるものだ。しかし僕は最後の二十銭を投じてタイムス版常用英語四千字という本を買った。四千字——。四千字といえばたっぷりだ。僕はこの広い海洋のような外国語を小脇にかかえて、うっかり腹をすかせることもできない。ああ――僕は満腹だ。

ジンタ[23]――、チンドンヤのジンタは物悲しい。

ジンタは全部で四人で組織されている。年末の稼ぎを目論む小さな百貨店を繁盛させるために、この四人はクラリネットとコルネットと太鼓と小太鼓を持ち、先祖たちが維新当初に歌っていた流行歌を演奏している。それは悲しいのを通り越して呆れてしまうような街角風景だ。なぜかって？　この四人が四人とも妙齢の女性だからだ。それが全員、おそろいの真っ赤な軍服と「コグマ」[24]で着飾っているのだからな。

---

19　鍾路《チョンノ》二丁目にあった和信百貨店のこと。

20　京城と元山《ウォンサン》（現在は朝鮮民主主義人民共和国の江原道の道庁）を結ぶ鉄道。一九一四年開通で、南北分断後は軍事境界線近くの白馬高地《ペンマコジ》駅まで運行されている。いずれも自死に適した場所として挙げられている。

21　神保町にあるロシア語書籍の専門書店、一九三一年に創業。現在もナウカ・ジャパン合同会社として営業中。

22　神保町のすずらん通りを朝鮮式の町名の呼び方である「洞」をつけて呼んだもの。

23　明治から大正期にかけて映画館の呼び込みなどに使われた吹奏楽隊。

24　一二七頁の注23を参照。

アスファルトは濡れていた。鈴蘭洞の左右にぶら下がっている、あの鈴蘭の花の形の街灯も濡れていた。クラリネットの音も――涙に――濡れていた。そして僕の頭には霧がいーっぱいに立ち込めていた。

　英国の首都倫敦《ロンドン》がこんなだそうだけど？

「李箱！　何考えてるんです？」

　男の声が僕の肩にぶつかってきた。法政大学のY君、人生より芝居の方が面白いという男だ。なぜかって？　人生はややこしく、芝居は他愛ないから。

「家に行ったんだけどいらっしゃらなくて！」

「すみません」

「エンプレス[25]に行きましょう」

「いいですねー」

「ADVENTURE IN MANHATTAN[26]」でジーン・アーサー[27]がコーヒーを一杯、うまそうに飲むんだよなあ。クリームを入れると、小説家仇甫《クボ》[28]氏が言うには――ネズミの小便の味がするらしい。でも僕は、ジョエル・マクリー[29]と同じくらいにはおいしく飲めたものな――MOZARTの四十一番は「木星[30]」だ。僕は密かにモーツァルトの幻術を透視しようと骨を折るが、空腹のせいでひどくめまいがする。

「新宿に行きましょう」

「新宿のどこ?」

「NOVA[31]に行きましょう」

「行きましょう　行きましょう」

マダムはルパシカ[32]、ノバはエスペラント。ハンチングをかぶったあいつの心臓を、

---

25 神保町にあった喫茶店。

26 一九三六年のアメリカ映画、邦題は『マンハッタン夜話』。ジーン・アーサーとジョエル・マクリーの主演。日本では一九三六年十一月に上映。

27 アメリカの俳優、(一九〇〇～一九九一)。代表作に『オペラハット』など。

28 李箱と最も親しく「九人会」に参加していた小説家朴泰遠《バクテウォン》(一九〇九～一九八六)の通称。代表作の一つ「小説家仇甫氏の一日」の新聞連載時には李箱が挿画を描いた。

29 アメリカの俳優(一九〇五～一九九〇)。『マンハッタン夜話』でジーン・アーサーと共演。

30 交響曲第四十一番「ジュピター」。

31 新宿にあった喫茶店。美術家をはじめとする芸術家や文化人がよく利用した。店名の「NOVA」はエスペラント語で「新しい」の意。

32 ロシアの伝統衣装風の上衣。

さっきからしきりに虫が喰っている。それでは詩人芝溶《ジョン》[33]よ！　李箱はもちろん、子爵の息子でも何者でもないのですぞ[34]！

十二月のビールは寒々しすぎる。夜でも昼でも牢屋は暗いというこの、ゴーリキー作『どん底』[35]の物悲しい歌、僕はこの歌を知っちゃいない。

## 7

夜でも昼でも彼の心は果てしなく暗いのだろう。だけど兪政《ユジョン》[36]よ！「悲しむな、お前にはやるべきことがある」。

こんな言葉を紙に書いて貼った机の前が、兪政にとって生死の岐路だった。刃のように切り立ったこの場所で、彼は座ることも立つこともできず、ただ僕が来るのを待っていたと泣く。

「喀血は相変わらずですか？」

「ええ――日によって」

「痔も続いていますか?」

「ええ——日によって」

霧の中をさまよっていた僕は突然、自分のためにマコー[37]を二箱、彼のためには梨を十銭分買って兪政を訪ねたのだ。しかし、その幽霊のような風貌をごまかすために活《い》けられた溢れんばかりの花瓶の花からも石炭酸の匂いがするのに気づいたのは、ここへ何をしに来たのか思い出す気力さえなくした後だった。

「信念を奪われてしまうと、健康をなくしたのと同じぐらい死に惹きつけられるよう

---

33 李箱と親しく「九人会」の中心人物であった詩人の鄭芝溶《チョンジヨン》（一九〇三〜一九五〇）。朝鮮の現代詩を確立したといわれる。代表作に『白鹿潭』。朝鮮戦争時に北朝鮮によって拉致され死亡。

34 鄭芝溶の有名な詩「カフェ・フランス」の一節「僕　子爵の息子でも何でもない／手が妙に白くて悲しい」（吉川凪訳）による。

35 ソ連の作家マクシム・ゴーリキーが木賃宿で暮らす人々を描いた戯曲。広く世界的に上演され、日本でも一九一〇年以来たびたび上演され、挿入歌が流行した。

36 李箱と親しかった「九人会」のメンバーの一人、作家の金裕貞《キムユジョン》（一九〇八〜一九三七）を指す。代表作に「春・春」など。当時闘病中であり、李箱より一ヶ月ほど早く病死した。

37 タバコの銘柄。

ですね」

「李箱兄《ヒョン》[38]！ あなたはやっとそんなことを思っているんですか？ 今ごろになって——今日になって」

兪政！ 兪政さえ嫌でなかったら、僕は今夜、やってしまうつもりだった。一個の怪物による負傷で死ぬのではなく、二十七歳を一期《いちご》として不遇の天才になるために。

兪政と李箱——この神聖不可侵の絢爛たる情死——そんな途方もない嘘に、どう収まりをつけようか。

「でも僕は臨終のときだって、遺言の中でさえ嘘をついてやろうと心に決めているんですよ」

「見てください」

と開いてみせた兪政の胸は、草で編んだ籠よりやせさらばえている。やつれたその胸がふくらんだりしぼんだりして、断末魔の呼吸が悲しい。

「明日への希望がぐらぐら沸き返っているところです」

兪政は泣く。泣くこと以外、あらゆる表情を忘れてしまったからだ。

「兪兄！ 私は明日の列車で東京に行きます」

「……」

「もうお目にかかるのは難しいでしょうね」

「……」

訪ねたことを何度も後悔しながら僕は兪政に別れを告げた。もう夜も更けていた。部屋では妍が僕の代わりに食事の膳を整え、まだ数えきれないほど残っている秘密を弄んでいた。僕の手は妍の頬を打ちはせず、明朝に備えて荷を詰めた。

「妍！　妍は猫っかぶりの天才だな。僕は今日、不遇の天才というものになろうとしたんだが、それもできずに引き返してきたんだ。こんなふうにだよ、こんなふうに！　ね？」

38　金裕貞は李箱より二歳年上だが、ここでは相手を敬う意味で「兄」という敬称を用いている。

## 8

僕は耐えられなくなって、小さな紙きれにこう書いてそいつにやった。

「君も猫っかぶりの天才なのかな？　どう考えても天才なんだろうな。僕の負けだ。こうして僕が先にしゃべっちまったことからして、敗北を意味するのだろ」

一高[39]のバッジだ。ＨＡＮＤＳＯＭＥ ＢＯＹ――海峡午前二時[40]のマントをまとって僕の横に座り続け、動かざること一時間（以上か？）。

僕はそれまで風船みたいに黙っていた。あらゆる手管を弄し、この眉目秀麗な天才に先に口を割らせるために骨を折ったが、僕は負けた。負けちまった。

「あなたの髭面は馬を連想させますねえ。では、馬よ！　高楼のごとき馬よ！　物静かな貴殿なれど、何ゆえかくも悲しげに見ゆるや？[41]　え？　（こいつ、無礼なやつだな）」

「悲しい？　うん――そりゃ悲しいよね――二十世紀に生きているのに十九世紀の道

徳しか持たないのだから、僕は永遠のびっこなのだなあ。悲しむべきだ——もしも悲しくないなら——無理にでも悲しむべきだ——悲しむポーズだけでもしてみるべきだ——何で死なないのかって？　へへん！　僕にあるのは人に自殺を勧める癖だけなんですよ。僕は死なないさ。もうすぐ死ぬようなことばっかり言って世間をだましているだけなんだ。ああ——でも、もうおしまいだな。見てごらん。僕の腕。骨と皮がくっついているだろ。あいたたた、笑うべきところだが笑うための筋肉がないんだ。泣くべきところだが泣くための筋肉がない。僕は、形骸だよ。僕——という正体は誰かがインク消しで消してしまったんだ。僕はただ僕の——痕跡というだけだ」

NOVAのウェイトレスのナミコは、、、、[42]アブラエの才能を持ち、ノラ[43]の娘、コロンタイ[44]

39　旧制第一高等学校。後の東京大学教養学部。
40　鄭芝溶の詩「海峡」の一節（海峡午前二時の孤独は完璧な円光を戴いている）による。
41　鄭芝溶の詩「馬1」による。引用文は拙訳。
42　油絵。
43　ノラはノルウェーの劇作家ヘンリック・イプセンの代表作『人形の家』の主人公。虚《むな》しい結婚生活を拒否して家を出ていくストーリーが世界じゅうに影響を与えた。

の妹だ。美術家ナミコ氏と劇作家Y君は四次元世界というテーマについて仏蘭西《フランス》語で会話する。

フランス語のリズムはC嬢のアンダー・ザ・ウォッチの講義みたいに朦朧としている。僕はすっかりうんざりで、もう泣いちゃうことにした。涙がぼろぼろ落ちてくる。ナミコが僕を慰める。

「君は何者なの？　ナミコ？　君はゆうべ、どっかのマチアイで[45]座布団敷いて十五分間、いやいや、どっかのビルでさっきまで腰掛けの上で折り重なってたのかい。言えよ——へへへ——飲碧亭？　Nビルの右から二番目のSの事務所？（あーあ——軽薄な李箱め、東京にはそんなものはないんだよ）。女の顔はタマネギだ。いくら剝いたところでさ。最後にゃすっかりなくなってしまうのに、それでも正体は現さないんだからな」

新宿の午前一時——僕は恋愛するよりまずタバコを一本吸いたかった。

# 9

十二月二十三日の朝、僕は神保町の陋屋《ろうおく》で空腹によって発熱した。発熱によって咳込みながら、二通の手紙を受け取った。

「真実私を愛するならば、今日にでも帰ってきてください。夜も眠らずに私は兄《ヒョン》を待っています。兪政」

「この手紙を受け取ったらすぐに帰ってきてください。ソウルでは暖かい部屋とあなたの愛する妍が待っています。妍」

この夜、僕のつまらぬ郷愁を戒めるかのように、C嬢は僕に白菊を一輪くれたのだよ。しかし午前一時の新宿駅のホームでよろめく李箱の襟元に白菊はない。どの長靴がそれを踏みにじったのだろう？　そして――黒い外套に造花をつけたダンサーが一

44　アレクサンドラ・コロンタイ（一八七二～一九五二）。ロシア～ソ連の作家、政治家。特に小説『赤い恋』で自由恋愛を主張したことで有名。

45　待合。芸妓との遊興や飲食のために利用された貸席。

人。僕は異国種の仔犬[46]でございますよ。それではあなたさまはいったいどんな座布団、どんな腰掛けの秘密をその厚化粧の下にお持ちなのか？

ひとが――秘密の一つも持たぬのは実に、財産を持たぬより貧しく寂しいことなのだよ！　ねえ！　そうでしょう、ねえ？

（『文章』一九三九年三月号に遺稿として掲載）

46　鄭芝溶の詩「カフェ・フランス」の一節「おお異国種の仔犬よ／僕の足をなめてくれ」（吉川凪訳）による。この話には有名な「僕には国も家もない」という一節があり、朝鮮から日本へ来た留学生の悲哀と矜持を歌っている。

李箱が、朴泰遠の連載小説「小説家仇甫氏の一日」のために「河戎」のペンネームで描いた挿画。1934年8月22日付『朝鮮中央日報』の連載第15回に添えられた。
仇甫氏が喫茶店で子犬に「カム・ヒア！」と呼びかけている様子。若い小説家が京城を徘徊するときの内心の思いを「意識の流れ」の手法で小説化したこの作品には、かつての神田神保町の様子も描写されている。子犬が喫茶店の客の靴の先をなめているという描写もあり、鄭芝溶の有名な詩「カフェ・フランス」を連想させる。

# 〔書簡〕陰暦一九三六年大晦日の金起林への手紙

起林　兄《キリムヒョン》[1]

気になるなあ！　内閣が何度も変わったというのに、何で手紙をくれないんです？ああ、このところまさに試験期間中というわけなのかな！　頭をかきかき、答案用紙をああでもない、こうでもないとひねくり回しているあなたのガラニモナイ様子を、今さらながら見たいもんだ！

腰の地方はちょっとは平定されたのかな？　病院への通勤は免れたの？　あなたはスポーツという超近代的な政策にマンマト引っかかったわけだね。これは李箱氏による「起林氏バレーに進出す」[2]への批判です。

今日は陰暦の大晦日です。郷愁が台頭しています。Oという内地人の大学生とコーヒを飲んで帰ってきたところです。コーヒ店でラロ[3]を一曲聞いてきました。フーベルていますね。単にどこまでもキレイなだけで、情緒がないよ。それに比べたらエルマン[6]は、本当に驚くべき人物です。同じラロでも最終楽章のロンドの部なんぞは、もうすっかり壊しちまって、完全な別物に作り替えています。

エルマンという提琴家を僕は嫌いだったんだが、彼の声価が粘り強く持続している原因が、今回の実演を聞いて初めてわかりました。いわゆるエルマントーン[7]というのがどんなものだか、その道の門外漢である李箱なんかにはわかりっこないが、あのセ

1　金起林を指す。「九人会」の中心メンバーだった詩人、評論家（一九〇八〜?）。李箱の東京滞在当時は東北帝国大学英文科に留学中だった。

2　金起林がバレーボールをやって怪我をしたものと思われる。

3　エドゥアール・ラロ（一八二三〜一八九二）、フランスの作曲家。代表作に「スペイン交響曲」。

4　ブロニスラフ・フーベルマン（一八八二〜一九四七）、ポーランド出身のヴァイオリニスト。

5　ヴァイオリニスト。

6　ミッシャ・エルマン（一八九一〜一九六七）。ウクライナ出身のヴァイオリニスト。李箱が東京にいた一九三七年に二度目の来日を果たしている。

7　エルマンのロマンチックな音色の美しさをこのように称した。

ラブ[8]的な太い線、そして奔放なデフオールマション[9]は驚嘆すべきものです。英国人だと思っていたけど、案の定、やっぱりイミグラント[10]なんです。

閑話休題——心が——つまり考えることがどんどん移り変わっていくんです。やはり僕が固執していたのは回避だったらしい。胸裏に去来する雑多な問題のせいで、極度の不眠症に苦労しているところです。ときどき血痰を吐き（中略）[11]、体系を持たない読書のせいでときどき発熱します。二、三日、布団をかぶって自ら門外不出と決め込むときもある。しょっちゅう自分を見失いそうになるけれど、良心、良心なんてつぶやいてもみます。悲惨なもんですよ。

閑話休題——三月にはぜひ会いましょう。僕は今、本当に途方に暮れているんです。生活のことよりも、いったいどうしたらいいのかわからないんだ。議論すべきことが一つ二つではないのでね。会って、結局何の話もできずに別れることになったとしても、とにかく会いましょうよ。僕がソウルを発つときに考えたことは全く、かなうはずもない桃源夢[12]でした。こんなことではほんとに自殺でもしかねない。

故郷では皆、枕を並べて惰眠を継続していることでしょう。

こっちへ来てみると、朝鮮青年たちは実に情けない。ほんとに、腐ったような奴らさえ周りにはいないんだ！

進歩的な青年も何人か、いるにはいる。でも、彼らもやはり何だかいつも怯《おび》えて暮らしているようで、不憫《ふびん》でなりません。

三月ごろには東京もあったかくなっているだろう。東京に寄ってくださいよ。散歩でもしましょう。朝光の二月号に載った「童骸」[13]という拙作、読みましたか？ 読んでいらしたとしたらそれ以上の不幸はないな。汗が背中をだらだら流れるような、だめな作品ですよ。

またヤリナオシするつもりです。そのためには当分の間、作品は書けないでしょう。それこそ「童骸」というのも昨年の六月、七月ごろに書いたものでね。あれで僕を付

8　スラブの意。
9　変形の意。
10　移民の意。エルマンはロシア革命後アメリカに渡り、市民権を得ていた。
11　原文での中略
12　桃源郷と夢を合わせて理想過多の夢を表す造語。
13　雑誌『朝光』一九三七年二月号に発表された短編小説。李箱を思わせる主人公と姙《イミ》という女性と尹《ユン》という友人の三角関係を描く。

度しないでいただきたいと願います。
ちょっと大人になったと自ら信じています。（中略）
妄言　妄言。葉書でもください。

陰暦除夜　李箱

（金起林によって一九三七年に雑誌『女性』に掲載とされる）

# 〔散文詩〕　失楽園

## 少女

この少女は確かに誰かの写真なのだろう。いつも黙っている。

少女はときどき腹痛を起こす。誰かが鉛筆でいたずらするせいだ。鉛筆は有毒だ。そのたびに少女は弾丸を飲み込んだ人のように青ざめる。

少女はまた、ときどき喀血する。それは負傷した蝶が飛んできてとまるせいだ。蜘蛛の巣のようなその木の枝は、蝶の体重にも耐えられず折れてしまう。

少女は救命艇《ボート》の中にいた――群衆と蝶を避けて。冷え切った水圧が――冷え切ったガラスの気圧が少女に視覚だけを残してくれた。そして大量の読書が始まる。閉じた本の中に、あるいはどこか書斎のすき間に、一枚のぺらぺらしたものに化けて上手に隠れている。私の活字には少女の肌の匂いが混ざっている。私の製本には少女の咽頭の痕が残っている。これだけは、どんなに強烈な香水でもごまかすことはできないはず——。

皆がその少女を私の妻だと言って非難した。聞きたくない。嘘だ。本当にこの少女を見たことのある奴は一人もいない。

しかし少女は誰かの妻ではあったはずだ。少女は私の子宮の中に何かを産みつけたのだから——しかし私はまだそれを分娩していない。こんな身の毛のよだつような知識は排出してしまわないことには——そんなようなものが——体内に食い込んだ弾丸みたいに私を腐蝕させてしまうだろう。

私はこの少女を火葬してしまい、そのままにしておいた。私の鼻孔には紙の焼けるときのような匂いがいつまでも漂って消えそうになかった。

基督《キリスト》に酷似した一人のぼろぼろの男がいた。ただ基督に比較して訥弁であり、相当に無知であることだけが違いといえば違いだ。

齢《よわい》五十一歳。

私はこの模造基督を暗殺しなくてはならない。そうでもしない限り、私の一生が差し押さえられる気配が非常に濃厚であるからだ。

片足を引きずる女――この人はいつでも後ろ向きで私に肉迫してくる。私の筋肉と骨片と、また少々の容量の血清との原価償還を請求する模様である。だが――。

私にそんな金銭があるか。私が小説を書いたところで一文にもならない。こんな胸くその悪い賠償金を――逆に――弁償しろよと――言いたい。しかし――。

何て底意地の悪い女なのか。私はこの醜悪なる女からも逃亡しなくてはならない。

たった一本の象牙のステッキ。たった一個の風船。

肉親の章

墓穴におわします白骨までが私から何かをゆする、たかる。その印鑑がもう失効して久しいとは夢にも思わずに。

（その代償として私は自分の知能のすべてを放棄したのだ）

七年が過ぎたら人間の全身の細胞は最後の一つまで入れ替わるそうだ。七年の間、私はこれら肉親たちとは関係なく食事をするだろう。そしてあと七年間は、あなた方のためにも私のためにもならない新しい血統を手に入れてみせよう——などという考えを起こしてはいけないのだ。

返せというのだろうか。七年間、金魚のように泥を吐いて過ごせばいい。いや——なまずのように。

失楽園

天使はどこにもいない。パラダイスは空き家だ。

私はときおり二、三人の天使に会う。みんなあっさり私にキスしてくれる。しかし忽然とその場で死んでしまう。まるで雄蜂のように――。

天使どうしが喧嘩していたという噂もある。

私はB君に、私が所持している天使の死体を処分すると言うつもりだ。大勢の人を笑わせることもできるだろう。実際、S君なんぞはげらげら笑うだろう。だってS君は五尺を超える立派な天使の死体を十年間も忠実に保管してきた経験を持つ人なのだから――。

天使を呼び戻す応援旗みたいな旗はないのか。

天使は何であんなに地獄が好きなのかわからない。地獄の魅力が天使にも徐々に知れわたってきたらしい。

天使のキスにはさまざまな毒がある。キスされた人は必ず何らかの病気を患い、死んでしまうのが常だ。

**手鏡**

鉄筆のついたペン軸が一本。インク瓶。文字が書かれた紙片（すべて一人分）。付近には誰もいないようだ。そしてそれは読むこともできない学問であるらしい。残された体臭は冷淡なガラスが遮ってしまうので、その悲壮なる最後の学者はどんな人だったのか調査するすべがない。この簡単な装置はツタンカーメン[1]のように寂しく、喜びを表すことがない。

1　古代エジプト第十八王朝のファラオ。一九二二年の発掘調査でミイラが発見され世界的な話題となった。

血さえあるなら、最後の血球一つが死んでいないなら、いかなる形であれ、生命は保存されるだろう。

血があるだろうか。血痕を見た人はいるのか。しかしあの難解な文学の文末に署名はない。その人は——万一その人という人がその人だという人ならば——たぶん戻ってくるだろう。

死んでいるのではないか——最後の一人の兵士の——論功さえ立てていない——栄誉を一身に担って。うんざりだ。彼は必ず戻ってくるだろうか。そして疲れた体と細った指を動かしてあの静物を運転するのだろうか。

だとしても、決して喜ぶ様子を見せはしないだろう。おしゃべりもしないだろう。文学になってしまったインクに冷たく当たるだろう。しかし今は限りなく静謐だ。喜びを拒絶する野暮な静物だ。

静物は疲労困憊するだろう。ガラスは青ざめる。静物は骨片まで露出させている。

時計は左回りに動いている。それは何を計算するメーターなのだろう。しかし件《くだん》のその人は疲れきっているようだ。あのカロリー削減――すべての機構には年限がある。ほとんどが――残忍な静物だ。あの剛毅不屈なる詩人はなぜ戻ってこないのか。やはり戦死したのか。

静物の中で静物が静物の中から静物を切り出している。残忍ではないか。

秒針を包囲したガラスのかたまりに残った指紋は蘇生されねばならない――あの悲壮なる学者の注意を喚起するために。

**自画像（習作）**

ここはいったいどこの国なのだか見当がつかない。そこには太古を伝承する版図があるのみだ。ここは廃墟だ。ピラミッドのような鼻がある。その穴ぼこからは「悠久なるもの」が出入りしている。空気は色褪せない。それは先祖が、あるいは私の前身が呼吸していたまさにそれである。瞳孔には青空が凝固しており、太古の彫像の略図である。ここには何の記憶も遺言されてはいない。文字が擦り減って消えた石碑のように、文明の雑踏がただ耳を通過していくだけだ。ある者はこれをデスマスクだと言った。またある者はデスマスクは盗まれたとも言った。

霜のように死が降りてくる。草が枯れてしまうのと同じように、髭は伸びることなく荒れていくのみ。そして空模様に従って口は大声で叫ぶ——水流のように。

月傷

髭をたくわえたその人が時計を取り出して見た。私も時計を取り出して見た。遅いねと言った。遅いねと言った。

一週間も遅れて月は昇った。だがそれはあまりにも心痛む姿だった。満身創痍——おそらく血友病かとも思われた。

地上にはただちに酸鼻をきわめる悪臭が弥漫《びまん》した。私は月のあるのと反対方向へ歩きはじめた。私は案じた――なぜ月はあんなに悲惨なのかと――。

昨日について考えた――あの暗黒について――そして明日について考えた――その暗黒について――。

月は遅々として進まない。やっとのことで体をなしている私の影が上下する。月は自分の体重にも耐えられないらしい。そして明日の不吉な暗黒を予感させた。私はそろそろ他の言葉を見いださなくてはならないのだろう。

私は厳冬のような天体と戦わねばならない。氷河と雪山の中で凍結しなくてはならない。そして私は月に関することは全部忘れてしまわなくてはならない――新しい月を発見するために――。

今にも私は勢いよく水の流れる大音響を聞くだろう。月は墜落するだろう。地球は血まみれになるだろう。

人々は戦慄するだろう。負傷した月の悪血《おけつ》の中で遊泳しながら、ついに凍りついてしまうだろう。

異常な鬼気が骨髄まで浸みわたってくるようだ。太陽が断念するという地上最後の悲劇を私だけが予感しているかのごとく。

ついに私は私の前方を疾走する私の影を追撃し、追い越すことができた。私の後から尻尾を引きずった私の影が私を追ってくる。

私の前に月がある。新しい――新しい――。

火のような――あるいは華麗な洪水のような――。

(『朝光』一九三九年二月号に遺稿として掲載)

〔詩〕鳥瞰図　詩第四号

患者の容態に関する問題

1 2 3 4 5 6 7 8 9 0 ·
1 2 3 4 5 6 7 8 9 · 0
1 2 3 4 5 6 7 8 · 9 0
1 2 3 4 5 6 7 · 8 9 0
1 2 3 4 5 6 · 7 8 9 0
1 2 3 4 5 · 6 7 8 9 0
1 2 3 4 · 5 6 7 8 9 0
1 2 3 · 4 5 6 7 8 9 0
1 2 · 3 4 5 6 7 8 9 0
1 · 2 3 4 5 6 7 8 9 0
· 1 2 3 4 5 6 7 8 9 0

診断　0：1

26.10.1931

以上　責任医師　李箱

（『朝鮮中央日報』一九三四年七月二十四日付）

# 解説

斎藤真理子

「箱は決して死に負けたわけではなかろう。箱は自分の肉体の最後のかけらまで育て尽くし、消えたのだろう。今日の環境と種族と無知の中に置くには、箱はあまりにも惜しい天才だった。箱はインクで詩を書いたことが一度もない。箱の詩にはいつも彼の血が溢れてしたたる。彼は自らの血管を絞って『時代の血書』を書いたのだ。彼は、現代という巨大な破船から落ちて漂流していた、あまりにも凄惨な船体のかけらだった。」（金起林《キムギリム》「故　李箱の追憶」青柳優子編訳・著『朝鮮文学の知性　金起林』新幹社）

「東大病院に箱が入院した後、やっとお金を工面して新たにしつらえる事務室を契約するため、恵比寿のアパートの門を出ようとしたところに、李箱が死んだという電報が来た。

霊安室に横たわっている死体を見ても、なんとなく箱が死んだという実感が湧かなかった。あまりにも空っとぼけておどけた男だったから、その特異な苦笑いを浮べながら、今にも起き上がって坐りそうな気がした。」（金素雲《キムソウン》「李箱異常《イサンイーサン》」『天の涯に生くるとも』講談社学術文庫）

一九三七年四月に東京で死んだ李箱について、親しかった二人の友が書き残したものだ。

金起林は、李箱とともに文学者グループ「九人会」のメンバーであった詩人・評論家・英文学者。金素雲は『朝鮮詩集』『朝鮮童謡選』『朝鮮民謡選』（いずれも岩波文庫）の編訳者であり、朝鮮半島の文学の日本への紹介者として唯一無二の働きをした詩人・翻訳家である。二人とも一九〇八年生まれ、李箱の二歳年上で、当時京城と呼ばれていたソウルでまた東京で、李箱と時間を共にした。一九三〇年代朝鮮の文学界と、そこで李箱がいかに独自の世界を切り開いていたかをよく知る人々だ。

悲劇の天才の早世を嘆く金起林と、飄々とした李箱に取り残されて呆然としている金素雲。現実の李箱がどちらに近かったのかはわからない。おそらくどちらも真実だったのだろう。生きていればもっと違う李箱像が上書きされただろう。しかし二十七歳で死んだため、すべての可能性は閉ざされた。

李箱は一九三〇年から七年間の活動期間に、遺稿を含めて詩を百余編、小説・随筆・評論その他六十余編を残した。文学史的に見れば、KAPF《カップ》（朝鮮プロレタリア芸術家同盟）が二度の大弾圧によって消滅し、一九二〇年代に一大勢力となっていたプロレタリア文学が弱体化、それに代わってモダニズムが台頭し、「純粋文学」を標榜する文学者たちが成果を出していく時期にあたる。

もう少し大きく時代背景を見てみよう。李箱が成長期を過ごしたのは、三・一独立運動で朝鮮人の激しい抵抗にあった朝鮮総督府が、それまでの武断政治を方向転換させて宥和政策をとった「文化政治」の時代である。制限つきではあったが表現の自由や結社・集会の自由が認められ、朝鮮語の民間新聞の発行が許可され、その紙面は朝鮮文学の重要な舞台となった。一九三〇年代には「京城モダン」が花開き、李箱はその申し子のような人物だった。そして作家としての評価が定着する前に死んだ。もし生き延びたとしても、その後の朝鮮で彼の才能が活路を見いだすことはあっただろうか。李箱の死の直後、日中戦争が勃発し、日本政府は朝鮮の兵站基地化を目指していっそうの思想統制と「皇民化政策」を推進してゆく。

李箱は間違いなく、朝鮮半島の近現代文学史上、最も伝説に満ち、熱心に研究された文学者である。全集だけでも何種類も刊行されてきたし、分厚い研究書や評伝がひきもきらず書かれ、特に、難解だといわれる詩については、単語一つ一つの解釈をめぐって驚くほど多くの説が唱えられてきた。

天才と称されることもあれば、実はそれほどでもないとこきおろされることもあり、かなり辛辣な評価も受けてきた。しかし一方で、李箱本人や作中人物の謎めいた雰囲気に魅了される人は多く、わかりにくさゆえに愛されてきた作家だともいえる。李箱研究の第一人者である権寧珉《クォンヨンミン》は、「李箱への評価は常に新しさを要求する。韓国近代文学研究が学問的な体系を備える以前から、李箱は常に芸術的な新しさのアイコンとして扱われてきた」と述べている。確かなのは、朝鮮戦争後に高まった李箱の人気が一時的なものに終わらず、現代の韓国に深く根付いているということである。

李箱の本名は金海卿《キムヘギョン》。一九一〇年九月二十三日、父・金永昌《キムヨンチャン》と母・朴世昌《パクセチャン》の長男として、日本統治時代の京城の鍾路区《チョンノク》社稷洞《サジクドン》に生まれた。弟に三歳年下の雲卿《ウンギョン》、妹に六歳年下の玉姫《オクヒ》がいた。

父・永昌は旧韓国宮内府の印刷所に勤務していたが、仕事中に指を三本も切断する事故に遭い、退職して理髪店を経営していたという。宮廷の印刷所に勤務していたことから、身分としては「中人《チュンイン》」（支配階級の「両班」と平民の「常民」の間に位置し、両班を補佐する下級官吏の職につくことが多かった）の家系であることがわかる。

母についてはわからないことが多い。戸籍には「朴成女」と記載されているが、ここからは姓が朴氏だということがわかるだけで、無名だというのに近い。身寄りのない人だったという証言もある。

李箱・金海卿は二歳のとき、父の兄である伯父の金演弼《ヨンピル》に引き取られた。伯父とその妻の間に子供がなかったためである。現在、ソウル鍾路区通人洞《トンインドン》で運営されている伝統家屋を利用したギャラリースペース「李箱の家」は、この伯父の家である。演弼は、本貫《ポングァン》（一族の始まりの地）を江陵《カンヌン》に置く金一家の長男であり、以後、海卿はその長男格として扱われることになった。朝鮮の家庭において、長男は一家の祖先の祭祀を執り行う重要な役割を世襲するため、非常に大事な存在である。次男の息子だった海卿はその役割と特権から自由なはずであったが、大人たちの思惑によって重責を負わされた。

演弼は普通学校の教員を経て朝鮮総督府商工課の下級官吏となった人物で、弟の永昌よりずっと高い教育を受け、日本の植民地支配にある程度順応することのできた人といえる。弟の長男である海卿を引き取った後は、実質的な養子である彼を大切にしたようだが、どんな理由によるものか戸籍には入れないままだった。また、演弼の妻は、夫が海卿を重用することを面白く思っておらず、幼年時代の海卿は常に大人の顔色を窺いながら育ったようである。しかも演弼は、妻とも入籍していなかったらしく、後に、息子のいる他の女性と関係ができ、その女性と入籍したため、海卿にとっては継母格の女性（伯母）が二人いる状態となり、家族関係は非常に錯綜したものとなった。

妹の玉姫は後年、「もしかしたら兄さんの人生は、三歳（訳者注：数え年）のときに伯父さんの家に行った日から間違ってしまったのかもしれません」と語った。玉姫は、別々の家で育ちながらも李箱とたいへん仲がよく、李箱は公開書簡の中で玉姫を「この兄にとってたった一人の理解者」と呼んだこともある。それだけに、玉姫の回想には身びいきが入っているかもしれないが、李箱が本家の長男格として、ゆくゆくは実の両親や弟妹まで含めて責任を持たねばならないという重圧感や、家族関係のややこしさに苦しんだことは、間違いないだろう。

李箱という人格がモダン都市・京城で仲間と共に最先端の文化を享受し、文学に没頭しているとき、金海卿という人格は家父長制に縛られ、生家の人々を経済的に援助できないことに悶々としていた。李箱は、十九世紀と二十世紀それぞれの価値観の間で葛藤する自分をたびたび戯画的に表現したが、その根底にはこのように二つの立場の間で葛藤する体験があっただろう。

重要なのは、李箱が生まれたのが日韓併合の直後だったことである。李箱は歴史のねじれの出発点に生まれた。植民地人にとって近代とは何かという大きな問いがその人生を規定していたことを覚えておいてほしい。

李箱はどんな子供だったのか。玉姫の証言では、二歳で千字文（中国の梁《りょう》の時代に武帝〈在位五〇二〜五四九年〉が周興嗣《しゅうこうし》に命じて作らせた、千個の異なる文字を用いた詩文で、漢字の読み書きの手本として広く使われた）を誦じるほど頭がよかったといい、その後も学業は常に優秀だった。また、幼いころから絵が好きで、模写などに大変な集中力を発揮していたという。一九二六年に京城高等工業学校の建築科（後のソウル大学工学部建築学科）に進学したが、それもまた絵を描きたい一心からだったようだ。

官吏になってほしいという伯父の希望と、美術をやりたい海卿の希望をすり合わせた結果だったのかもしれない。

朝鮮半島には植民地時代を通じて官立の美術学校がなく、近代美術を学ぶには留学するか、留学した人に師事するかしかなかったが、京城高等工業学校には人材面や設備面でそれに次ぐチャンスがあったものと思われる。同校で李箱の同級生だった日本人建築家の大隅弥次郎は、一九八一年に行われた座談会で、京城高等工業学校は当時の朝鮮でそれなりに美術を学ぶ唯一の場所であり、李箱は、自分は絵が描きたくてこの学校に入ったと明言していたと述べた（大隅自身もそうだったという）。

学校生活は充実していたようである。李箱は建築を学ぶと同時に、美術部に所属して熱心に油絵を描いた。白衣を着てパレットを持った姿が卒業アルバムに残されている。このアルバムは朝鮮人学生十七人のために特別編集されたもので、李箱本人が編集と装丁を担当し、レタリングなどにセンスを発揮している。

そして、この卒業アルバムの中で、李箱というペンネームがすでに使われている。ペンネームについては長らくさまざまな説が唱えられてきた。中でも、李箱が総督府で技師として働いていたとき、建設現場で日本人作業員に「李《イ》サン、李《イ》サン」と呼びかけられたことから「李箱《イサン》」という名前を思いついたと妹の玉姫が語っており、これがかなり有力なものとして流布されてきた。「イサン」とは「異常」及び「理想」と同音異義語なので、ここからもまた多様な想像が可能となったわけである。現在は、先述の通り学生時代から使われていた名前であることが明らかになり、さらに、親友だった画家・具本雄《クボンウン》から、李《すもも》の木箱入りの絵の具をプレゼントされたことにちなむという説が有力視されている。ちなみに、具本雄は李箱がモデルといわれる「友の肖像」という有名な油絵を残している。

絵とともに文章への関心も高く、文芸回覧誌『難破船』を創刊、表紙のデザインを手がけるとともに文章も発表していたというが、どんな作品を書いていたかはわかっていない。李箱は後に親友の連載小説に挿絵を描いたり、詩集の装丁を手がけたりしたが、ペンと絵筆を同時に駆使するスタイルはこのころから定まっていたようだ。

一九二九年の卒業と同時に朝鮮総督府内務局建築課の技手として就職した。この就職には、自分と同様、下級官吏として一族を支えるようにという伯父の演弼の意向が大きくかかわっていただろう。同年十一月には官房会計課営繕係に異動している。仕事ぶりは熱心で、上司の評価も高かったようだ。だが、日本人には出る外地手当がつかないため、朝鮮人公務員の俸給は日本人に比べてかなり低かった。

公務員になっても李箱は絵と文学を手放さなかった。就職した年の十二月には、朝鮮建築学会の機関誌である日本語雑誌『朝鮮と建築』の表紙図案懸賞公募に応募して、一等と三等に入選を果たした。李箱はこの年、朝鮮建築学会に入会しており、『朝鮮と建築』はその後しばらく、李箱の創作の受け皿となる。

翌一九三〇年には、総督府の機関誌である『朝鮮』に、朝鮮語による長編小説「十二月十二日」を連載した。最初にして唯一の長編小説である。『朝鮮』は総督府の政策周知を目的とする広報雑誌で文芸界とは縁がない。また、李箱自身もこの初期作品のことを人に話さなかったため、「十二月十二日」は長く埋もれたままで、一九七五年になって発掘されたといういわくつきだが、二十歳の文学青年がなしえた成果として注目に値する。「十二月十二日」には李箱自身や伯父、父を思わせる人物が登場し、貧困と病気、日本への渡航と底辺生活、サハリンの炭鉱での労働と大事故、家族間の対立など非常に暗いできごとが続き、運命への抗いがたさが強調される。形式面では、その後の李箱の小説に比べてははるかに尋常なリアリズム小説であり、人物が図式的で構成が未熟であるといった弱点が指摘されてきたが、それを上回る迫力がところどころでほとばしる。

この年、李箱は結核による最初の喀血を経験したとされている。以後、結核は李箱の人生を大きく制限したが、翌年には、官設の公募展である「朝鮮美術展覧会」（略称「鮮展」）の洋画部門に「自画像」を出品して入選したり、『朝鮮』に「甫山」というペンネームで小説を発表したり、『朝鮮と建築』に日本語詩を発表したりと、旺盛な創作活動を展開した。『朝鮮と建築』に発表した「異常ナ可逆反応」「鳥瞰図」（後の「鳥瞰図」とは異なり、こちらは「鳥瞰図」）、「三次角設計図」といった詩群は、すでに李箱の世界を十分に表現している。

試みに、初めて発表された日本語詩の冒頭部分を挙げてみよう。

異常ナ可逆反応

任意ノ半径ノ圓（過去分詞ノ相場）

圓内ノ一點ト圓外ノ一點トヲ結ビ付ケタ直線

二種類ノ存在ノ時間的影響性

（ワレワレハコノコトニツイテムトンチヤクデアル）

直線ハ圓ヲ殺害シタカ

顕微鏡

ソノ下ニ於テハ人工モ自然ト同ジク現象サレタ。

一部を取り上げただけではわからないかもしれないが、シュールレアリズムもダダイズムも浸透していなかった当時の朝鮮に李箱が何を投げ込もうとしたか、その意気込みの一端が伝わってくる。

このように李箱は、全体の中で見れば多くはないが、初期の一時期に日本語で作品を書いた。一九三〇年代には、植民地教育（「国語」としての日本語教育）によってほとんど不自由なく日本語を操れる李箱のような世代が登場し、「訳者まえがき」の十頁で触れた先行世代・金東仁《キムドンイン》の苦悩とはまた異なる、二重言語執筆の可能性を手探りするような経験を積んだ。植民地時代に育った知識人のほとんどは、日常思考は朝鮮語、抽象思考は日本語という二重言語生活を送っていた。また、詩人が初期に日本語で習作を試みた例としては、朝鮮半島の現代詩を完成させたといわれる詩人・鄭《チョン》芝溶《ジヨン》（この人も「九人会」で李箱の先輩だった）が、同志社大学留学中に北原白秋の雑誌『近代風景』に日本語詩を投稿して絶賛された例がある。

李箱は、日本のモダニズム系の雑誌『詩と詩論』を愛読していたことが知られている。『詩と詩論』には、西脇順三郎、安西冬衛、三好達治、竹中郁、近藤東、北川冬彦など当時の前衛的な詩人が作品を寄せており、シュールレアリズムをはじめとするヨーロッパの前衛的な文化の紹介も盛んで、李箱がこの雑誌から多くを学んだことは想像に難くない。李箱自身は春山行夫や堀口大学を好んでいたといわれるが、特にいずれかの詩人に近いということもなく、朝鮮文学において先達も後継者もいない、一人断絶した破格のモダニストである。

ともあれこの日本語詩には、一九三〇年代の朝鮮においてはまぎれもなく新しい詩的感覚、文明に対する鋭敏な姿勢がある。感情を排し、構築的で、視覚的にも衝迫力を持った詩行は、黒々とした不安を帯びつつも、激しく変化していく世界を見据える眼力の強さも備えているようだ。

『朝鮮と建築』という雑誌の中で、これらの詩は「漫筆」という欄に掲載されており、一種のアフォリズムのような扱いだった。畑違いのこの雑誌に李箱の作品が掲載された背景には、編集部の人々との何らかの交流、関心領域の共有があったのではないかと思われる。

官吏として働き始めて四年目の一九三二年、伯父が病気で亡くなると、李箱の生活に変化が起きる。これまでにもあった伯父の妻との間の葛藤が、遺産相続をめぐって表面化したのである。この時期、生家に戻ったり、そこでも安息を見いだせずすぐに飛び出したりということがあったらしい。そして一九三三年には健康上の理由で朝鮮総督府を辞職し、無職の身となってしまった。こうして、曲がりなりにも植民地エリートの道を歩んでいた李箱は、大通りから路地へと方向を変える。しかしそれと入れ替わりに、文学活動は本格化していった。

この年には『カトリック青年』に朝鮮語の詩が掲載された。これは、当時すでに有名になっていた詩人・鄭芝溶の斡旋によるものだった。李箱は同年に、二六一頁で詳しく述べる錦紅《クムホン》をマダムに迎え、鍾路で「燕」という喫茶店の経営を始めたが、そこを拠点として文学者との交流も深まったのである。一九三四年には文学者グループ「九人会」に参加、若手の中心人物として小説家の朴泰遠《パクテウォン》とともに会を盛り上げ、事務仕事も引き受け、先輩たちからねぎらわれていたようだ。

九人会は一九三三年から一九三六年まで存続した、ゆるやかな文学者同士の親睦会のようなもので、入れ替わりを経て総勢十三人が在籍した。その中心メンバーは、これまでにも触れてきた詩人の金起林と鄭芝溶、そして小説家の李泰俊《イテジュン》と朴泰遠で、いずれも優れた仕事を残し、文学史上に輝く人々だった。李泰俊は、「訳者まえがき」で紹介したように、李箱の詩を新聞に掲載してひどい目にあった作家であり、短編小説の名手として知られていた。朴泰遠は李箱と最も年齢が近いモダンボーイで、意識の流れを取り入れた「小説家仇甫氏の一日」や、京城の庶民の哀感を描いた『川辺の風景』などで知られ、映画監督ポン・ジュノの母方の祖父でもある。

小説家・英文学者の趙容萬《チョヨンマン》の回想によれば、「仇甫・朴泰遠と李箱・金海卿は一九三〇年代前半を通して鍾路大通りの名物だった。二人とも家が鍾路大通りに近く、昼となく夜となく二人一組でしゃれた姿を見せていた」という。朴泰遠は当時まだ珍しかったロイドめがねに藤田嗣治の影響だったというおかっぱ頭、李箱は顔色が蒼白で髭ぼうぼう、夏も冬も白いスニーカーをはいていたそうである。

ちなみに、金起林、鄭芝溶、李泰俊、朴泰遠の四人はいずれも日本への留学歴を持っており、李箱が彼らから刺激を受けていたことは間違いないだろう。また、後に述べるが、この四人が皆、日本からの解放後、南北分断によって人生を大きく翻弄されたことも忘れがたい。

いずれにせよ李箱は、結核に苦しみ、また家族との関係で終始悩みを抱えながらも、生涯を通して文学上の友に恵まれ、創作について語り合う場が絶えたことはなかった。

以下、個々の作品について述べておく。

冒頭には、李箱の最も有名な二つの作品を持ってきた。詩「烏瞰図」シリーズの中の「詩第一号」と、小説「翼」である。

## 烏瞰図 詩第一号

不安に満ち、緊張感と酩酊感が共存する不思議な詩である。「十三」という数字についてはありとあらゆる文学的解釈がなされてきたといってよい。いわく「キリストの最後の晩餐についた人数（キリスト及び十二弟子）」（林鍾国《イムジョングク》）、「十二時間という時計の時間への否定」（金容雲《キムヨンウン》）、「当時の朝鮮が十三の道（行政区分）から成っていたことから、植民地支配を指している」（徐廷柱《ソジョンジュ》）など、多様な説が唱えられた。

十三人の子供は、植民地の人間は常に子供であることが求められるということを示すのだろうか。「怖い子供」と「怖がりの子供」は、どんな関係にあるのか。さまざまな問いが湧き上がり、疾走する子供たちのイメージがそれを追い越していくが、彼らの行方はわからない。行間からじっとこちらを見つめる李箱の目を感じるようでもあり、かと思うとすぐさま目をそらして哄笑する李箱の声が響くようでもある。新聞社で拒絶反応が起きたことは「訳者まえがき」にも書いたが、金起林はこれを見て「李箱は我々の中でも飛び抜けたシュールレアリスムの理解者である」と喝破していた。

ところで、この詩は「烏瞰図《オガムド》」という連作の一作目として『朝鮮中央日報』に掲載されたのだが、この総タイトルも非常に興味深い。

この作品には実は二つのバージョンがある。日本語で書いた「鳥瞰図」連作と、朝鮮語で書いた「鳥瞰図」連作だ。前者は八編からなるもので、一九三一年に『朝鮮と建築』に日本語で発表された。後者は、前者を自ら朝鮮語に直したものと新たな作品からなっており、三十作の予定で『朝鮮中央日報』に連載を開始したが、「訳者まえがき」にも書いた通り、中断された。残り十五作は発表されていない。

新聞連載にあたって、「鳥瞰図」が「鳥瞰図」に変わった理由は、本人が明かしていないのでわからない。だが、李箱研究の泰斗である文芸評論家の金允植《キムユンシク》がかつて「鳥瞰図はどんなに高いところから見ても総天然色だが、鳥瞰図はそれを抽象化し、一瞬にして現実を白黒の世界に変える」と述べたことは示唆的だ。

文芸評論家のシン・ヒョンチョルは、「この詩は李箱が読者に投げかけた謎々ではない。むしろ、読者の恐怖体験を誘導する戯曲的な詩に近い」と言っている。なるほどそう言われてみるとこの詩全体が、舞台設定を指示する台本の冒頭のようでもある。このト書を与えられた者はどう振る舞えばいいのか？　舞台が、「行き止まりの路地」をたくさん抱えた、一九三四年の植民地の現実だったことは疑いようがない。

## 翼

「烏瞰図」の連載は悪い意味で李箱を有名にしたが、二年後に発表された「翼」は良い意味で李箱の文名を一挙に上げた。雑誌に発表されたのは李箱が東京に発つ直前の一九三六年九月で、晩年の傑作といってよい。

まず、冒頭の部分が二重線で囲まれているのが異彩を放つ。雑誌掲載時にすでにこのような体裁であり、本書でもそれを踏襲した。内容はエピグラムともマニフェストともつかないが、話者のスタンスを読者に強く提示している。

翻訳すると区別がつかなくなってしまうのだが、「『剝製にされた天才』をご存じですか?」に始まる囲み部分と「その三十三番地という場所は」に始まる本文とでは、漢字の使い方に大きな違いがある。つまり、囲み冒頭の「剝製」「天才」「愉快」「恋愛」「肉体」「疲労」といった単語はすべて漢字で表記されているのに対し、二七頁の「その三十三番地という場所は、構造からして遊郭にそっくりという感じがなくもない」という文章では、漢字になっているのは「三十三」だけで、「番地」も「構造」

も「遊郭」もハングルで表記されている。以降も、数字を除くほとんどの文字はハングル表記である。

結果として、ぱっと原文を見たとき、冒頭の囲み部分は黒っぽく（さらにいえば理屈っぽく）、続きの「本文」は白っぽく、平易に見える。それはまた「公」と「私」の対比に近いものにも感じられる。この違いは小さなものではない。日本語にすると区別がつかなくなってしまうと書いたが、現在韓国で出版されている李箱の本においても、漢字を一切使っていないため両者が区別されない。だが作者としては、この差異を読者にしっかり提示したかったはずである。

また、囲み部分は「です・ます」で、本文は「だ・である」と文体が異なっているのも原文通りである。囲み部分と本文の間には、どの時点から語っているかという点で明らかに差異があるが、その差異が明示されてはいない。このあたりの、わざわざ謎をしつらえた感じも「翼」の特徴といえるだろう。果たしてこの二人の話者は同じ人なのか。今回の翻訳では、話者は同一人物と考え、囲み部分は「公」に近く不特定の者に語る調子、本文は「私」に近い内心の告白を印象づけるよう心がけた。そのため囲み部分の一人称は「私」、本文は「僕」とした。

本文で展開されるのは、勤勉な妻と怠け者の夫の奇妙な日常だ。妻の不在に鏡台の化粧品の瓶をいじって遊ぶ夫はまるで子供のようだ。お金をもらっても使い方がわからない彼は、本当に子供なのかもしれない。このお金がどんな労働の対価なのかも知らない（知ろうとしない）彼だったが、次第に覚醒してきて、部屋から外へ出ていく。妻が彼に薬を飲ませるのは、目覚めている時間が増え、仕事を妨害するようになった子供を寝かせようとしているのだろうか？ そして夫はやがて、「決して見てはいけないもの」を見てしまい、妻を憎む。

舞台は、京城の「遊郭にそっくりという感じがなくもない」と表現された「三十三番地」という場所である。

この場所については、韓国文学研究者の相川拓也氏が、朴泰遠の短編小説「報告」を手がかりに詳細に分析している（「李箱『翼』における男女関係と都市空間――植民地のモダンという経験をめぐって」『朝鮮学報』第２２８輯）。それによると、朴泰遠が「翼」とほぼ同時期に発表した「報告」には、「貫鉄町（現在の鍾路区貫鉄洞）三十三番地」にある「大亢券番」で恋人と同棲する人物が描かれている。貫鉄洞は日本統治時代に旅館や妓生の家が多かった地域で、その一角のとある家に十八世帯が暮らしているという設定は、「翼」と酷似している。朴泰遠と李箱が九人会の中でも特に親しかったことは先に見た通りで、両者が類似の題材を扱った可能性もあるようだ。「報告」では「券番」と表記されているが、これは日本の「見番／検番」と同様のものと考えてよいだろう。植民地の性売買を制度化し、統制する過程で日本の花柳界のシステムが持ち込まれたことが見てとれる（朝鮮時代において妓生は歌舞音曲を扱う官庁に属する「官妓」であったが、日韓併合後は官妓は廃止され、日本の置屋制度が導入された。妓生は検番を通して料亭などに呼ばれることもあれば、自宅で客を取ることもあった）。「翼」の発表と同じ一九三六年に発行された京城の旅行案内書には、「並木町カルボ」と呼ばれる朝鮮人娼妓の町が紹介されているが、そこには部屋のすべてが中庭に面した長屋のありさまが描写されており、これもまた「翼」の舞台に非常に近い。

そして、妻と主人公が一つの部屋を区切って棲み分けている様子が京城という町のメタファーであることは、たびたび指摘されてきた。当時の京城は、清渓川《チョンゲチョン》を境に北が朝鮮人町の「北村《プクチョン》」、南が日本人町の「南村《ナムチョン》」と呼ばれ、二分されていた。主人公は、妻と自分の部屋の境界を越えられないままに、朝鮮人町の鍾路近辺から日本人町の繁華街へと出かけていく。京城駅や三越百貨店のあるそのあたりには、「硝子、鋼鉄、大理石、紙幣、インク」、つまり資本主義を体現する建造物や財力が集中している。新聞や本を印刷するインクに象徴される知の世界も、日本人町に偏っている。これこそが、ソウルが日本人町と朝鮮人町とに分けられて資本主義化された結果なのだ。そして、体を張ってこの現実にいち早く順応した妻と、昼も夜も寝ている主人公の間にも、越えられない境界がある。

また、この夫婦の関係には、李箱が一九三三年から三年間同棲した妓生の錦紅《クムホン》（本名は蓮心《ヨンシム》）との関係が一定程度投影されていると見てよいだろう。「翼」のみならずいくつかの作品に影響を与えた、李箱の文学において最も重要な女性である。

一九三三年、朝鮮総督府を辞めた李箱は画家の具本雄とともに黄海南道《ファンヘナムド》の白川温泉を訪れている。ここは現在は北朝鮮に属しているが、ソウルからも近く、地の利がよいため多くの湯治客が訪れる有名な温泉だった。伯父亡き後の家庭内でのもめごとで心労が重なった李箱は、療養を兼ねてここへの旅行を思い立ったようである。この白川温泉で錦紅に出会った。

この出会いが李箱の人生を別の方向へ導いていったといえる。朝鮮総督府を辞めた時点で植民地エリートの一員から転落していたわけだが、錦紅と出会い同棲したことで、いっそう人生のコースがカーブを切った印象がある。例えば、当時の結婚は親同士が決めるのが当たり前で、「九人会」で親しかったメンバーもみな結婚に関しては保守的だった。朝鮮には早婚の習慣もあったので、鄭芝溶は十一歳で親の決めた婚礼をあげていたほどだ。それに比べ、李箱と錦紅のロマンスは破格であった。

ソウルに戻った李箱は錦紅を呼び寄せると、鍾路に喫茶店「燕」を開いて彼女をマダムに据えた。文学仲間はたびたび、そこで李箱と錦紅の奇妙な生活を目撃した。金素雲によれば、錦紅は「堅太りの小柄な体つきで、つんとすまして、針一本つけ入るすきのない、ちゃっかりした美人」であったという（「李箱異常」前掲）。また、地方の温泉地から京城へ出てきても少しも物怖じせず、高級ホテルのレストランで初めて洋食を食べるにも「目をぱちくりともしないで泰然自若たる様子」だったことを李箱から直接聞いたと書いている（前掲）。

金素雲の回想には、李箱と錦紅は友人たちの前で派手な言い争いをしたり、妻が夫をやりこめる一幕を見せたこともあったが、それもすべて演技であり、二人ともそれを楽しんでいたのではないかという記述もある。加えて、喫茶店「燕」の奥の部屋で錦紅が他の男性と性交をしているのを李箱が覗き見したとか、友人にもそれを見せたとか、朴泰遠がそれに眉をひそめたといったエピソードも書いているが、錦紅自身の証言が一切存在しないので真偽のほどを確かめようもない。それによらず、李箱文学の「ミューズ」として名高い錦紅の実像がほとんどわかっていないことは、驚くほどだ。そこには朝鮮戦争と南北分断という事情も関係しているのかもしれない。錦紅ではないかといわれる写真や肖像画も存在するが、確定には至っていない。

　また、この夫婦関係については、横光利一が一九二九年に発表した短編「目に見えた虱」との類似性もしばしば指摘されてきた。「目に見えた虱」も、客を取る妻と無為に生きる夫の物語だが、机の中に砒素をしまっておき、夫婦二人でどちらが先に相手を殺すかとにらみ合いながら暮らす光景が描かれてもいる。しかし「翼」の主人公のような幼児性はそこにはない。李箱は横光利一の短編小説「機械」の文体を模倣するなど、この作家にかなり入れ込んではいたが、二作の違いにはやはり植民地の現実が色濃く反映されているはずだ。

　例えば、「翼」が書かれたのと同じ一九三六年八月のベルリン・オリンピックの男子マラソンで、朝鮮人選手・孫《ソン》基《ギ》禎《ジョン》が優勝した際、「東亜日報」は抗議の意味をこめて記事中の写真の日章旗を黒塗りにして掲載、その後、同紙記者が逮捕され、新聞には発刊停止処分が下された。李箱が生きていたのはこのような現実の中である。「飛ぶんだよ、飛ぶんだ」という心の声も、このパースペクティブの中で聞き取るべきである。

その点で見落とせないのが、「翼」の最初の日本語訳の問題だ。「翼」が初めて日本語に翻訳されたのは一九四〇年で、『朝鮮小説代表作集』（教材社）というアンソロジーに収録された。編訳者は申建《シンゴン》という人だが、詳しいプロフィールなどはわからない。一九四〇年といえば総動員体制と内鮮一体政策の時代であり、文学もそのために「動員」されたわけだが、この本に収められた「翼」はなんと、冒頭の二重線で囲んだ部分が丸ごと削除されていた。それによって「翼」が全く別物になってしまうことはすぐに想像がつくだろう。

囲み部分が担っていた視点の転換を排除してしまえば、「翼」は一切のアレゴリー性を失い、落伍者の気弱な告白に一変してしまう。事実、朝鮮に縁の深かった劇作家の村山知義は、申建訳の「翼」を読んで感銘を受けたというが、その感想は「生活能力の全くない赤ん坊のような善人のほろんでゆく姿を描いている」（『文学界』一九四〇年五月号）というものだった。この改変に「翼」を骨抜きにする意図があったのかどうかは全く定かではないが、結果的には「剝製にされた天才」の存在を無化し、植民地と宗主国の間の位相のねじれを増幅させる行為となっているのではないだろうか。

一方、「翼」のラストシーンに出てくる「人工の翼」という言葉については、一九二七年に自殺した芥川龍之介の遺作「或阿呆の一生」の、「彼はこの人工の翼をひろげ、易《やす》やすと空へ舞ひ上つた」という箇所との類似が指摘されている。「或阿呆の一生」には、「ヴオルテエルはかう云ふ彼に人工の翼を提供した」という表現もあり、哲学という人工の翼によって飛翔を夢見たが、最後はイカロス（蠟でできた翼で飛ぼうとしたが、太陽の熱によって蠟が溶けたため墜落したギリシャ神話の中の人物）のように墜落する人物が描かれる。李箱はこの作品にも影響を受けていただろう。しかし、「翼」の主人公は飛翔も墜落もしないまま、あるいはできないまま、京城の街を俯瞰する。引きこもりから都市徘徊者へと行動半径は広がるが、その先の視野はせきとめられたままだ。

三越百貨店の屋上で、雑踏にまぎれて、主人公は「叫んでみたかったのさ」と回顧する。つまり、叫びはしなかった。沸きかえる街の中で、かつて自分に人工の翼があったことを認識した主人公の叫びは発声されず、途上で止まったままである。そのような植民地の真昼を李箱は描いた。この声なき叫びは絶望、希望、虚無のどれに依拠しているのか。その答えはいまだに出ていない。だが、だからこそこのラストシーンは永遠の一瞬として韓国文学の中で生きつづけている。

朝鮮の近代小説の祖といわれる李光洙《イグァンス》が『無情』を発表してからわずか十九年後に発表されたモダニズム小説「翼」は、李箱の生前にあっては異例の好評を得た。しかし李箱自身は評判に勢いよく背を向けるようにして京城を後にし、日本に向かった。

## 線に関する覚書1

李箱の出発点に戻って、詩を二つ紹介する。

まず、「線に関する覚書1」は『朝鮮と建築』一九三一年十月号に「三次角設計図」という連作の一部として、金海卿の本名で発表されたもの。日本語の作品であることに留意してほしい。「三次角」という言葉は幾何学や建築学の語彙の中にもなく、李箱の造語であるらしい。

この連作詩は、幾何学的な図表や数式、また数学用語をはじめとする科学的な語彙の多用が特徴である。数字と「・」による図表については、「秩序整然たる数学によってのみ世界は認識されうると信じる理想主義的な世界観」（李御寧《イオリョン》）、「自己分裂の克服」（李昇勲《イスンフン》）、「人間がいかに数字をもってすべての自然現象を合理的に計算し表示できると思っても、それは宇宙の無限さに比べればいかなる意味も持たないということ」（権寧珉）など、さまざまな解釈がある。

だが読者の多くはこの詩を、意味を蹴散らしてでも読んできただろう。フォルマリズム、シュールレアリズム、ダダイズムの実験精神を受け継いだ、了解不可能な迷宮のような詩行を追っていくと、「封建時代は涙ぐむ程懐しい」という了解可能なフレーズにいきなり接続する。この、唐突に核心に至る感じが李箱の詩の最大の仕掛けであり、醍醐味であると思う。「封建時代は涙ぐむ程懐しい」とは李箱の人生を貫く重要なテーマだった。

これら『朝鮮と建築』に発表された日本語詩は後に、翻訳を経て全集に収められた。漢字の多用や、感情を排した作風などのため翻訳者の解釈が入り込む余地は少ないが、それでも翻訳時にミスが発生し、誤訳がその後の全集にも踏襲されるといった問題も起きた。また、李箱の死後かなり時間が経った一九五六年に発見された創作ノートには日本語の詩が記されていたが、その日本語原文が公開されないまま、編者あるいは当代の有名な詩人による翻訳文のみが公開されてきた（原文の所在は今も不明）。李箱の作品には、テキストをめぐるこのような問題がつきものである。

実は、本書において詩の収録を最低限にとどめた理由はそのあたりにもある。例えば、朝鮮語と日本語の両方で同一の（と見てよい）詩が書かれている場合、そのどちらを採択すべきかという問題がある。さらに、見ていくほどに、どちらがどちらの翻訳なのかよくわからなくなってくるという実感もあった。これはこれで興味深いが、この二重言語状況をよく見きわめての翻訳は非常に難しく、結果として、部分的にしか詩を紹介できなかったことをお詫びしたい。今後、充実した李箱詩集が日本で読めるようになることを願っている。

## 鳥瞰図　詩第十五号

こちらは朝鮮語の詩で、一九三四年八月八日付の『朝鮮中央日報』に、「烏瞰図」

連作の十五作目として掲載された。自分でありつつ自分でない鏡像を見つめながら、自殺とその不可能性に言及する。「鳥瞰図」の他の作品と比べれば特に難解とも思えず、喚起力のある詩だが、この一作をもって連載は中断された。「陰謀」「軍用長靴」「拳銃」「模型の心臓」「極刑」「巨大な罪」といった不安に満ちたキーワードは、李箱の死後の日本を見据えたかのような迫力を持っている。

李箱が実際に自殺を試みたという記録はないが、自殺願望はくり返し彼の作品に現れる。李箱は芥川龍之介や牧野信一の自殺に深い関心を寄せており、「翼」が雑誌に載って三ヶ月も経たない十一月末、仙台にいた金起林に宛てて書いた手紙の中で「芥川や牧野のような人たちが味わった最後の刹那の心境を、私もまたある瞬間、電光のように短く、しかしはっきりと味わうことが最近一度や二度ではありません」と吐露していた。

### 蜘蛛、豚に会う

一九三六年、「翼」に先立って発表されたもので、「翼」に次ぐ有名な小説である。

この小説を紹介するにはまず、この小説が一つの言語実験であること、その視覚的な特異さを説明しなくてはならない。

最初に断っておくと朝鮮語は、単語と単語の間にスペースを入れる「分かち書き」を基本とする（助詞や語尾はそれぞれの名詞や語幹にくっつけた形で表記するので、その点が英語とは異なる）。だが、この作品は意図的に、ほぼ分かち書きをせずに書かれているため文字の密集度が異様なまでに高い。しかも改行も非常に少ないので、この密集したハングルが塊となって眼前に出現するさまには強いインパクトがある。この感じは横光利一の「機械」に非常に近い。翻訳にあたっては、この尋常ではない視覚的な稠密さを何らかの形で再現したいと考えたが、編集部からの提言を受けて読みやすさを優先した。

原題にはハングルが使われておらず「鼅鼄會豖」といい、通常はほとんど使われない難しい漢字をあえて用いている。「鼅鼄」は蜘蛛のこと、「會」は「会う」、「豖」は豚を指す。平易に解釈すると「蜘蛛が豚に会う」という意味になる。

生活力のない主人公とその妻であるカフェーの女給「ナミコ」、そして金の亡者である「呉」と稼ぎのいい女給「マユミ」。この二組の男女の対比を通して、金と欲に支配される新しい世の中で逡巡するインテリの葛藤が見える。主人公と妻の関係には「翼」同様、李箱と錦紅の関係が投影されていると見てよいだろう。

この小説で重要なのは仁川という場所の持つ意味である。五百年以上の歴史を持つ都・ソウルとは違い、仁川は静かな漁村から一足飛びで植民地の近代都市に変貌した。仁川港は一八八三年の開港以来、世界各国の租借地となり、植民地朝鮮の米を精米して日本に搬出する港であり、また日本にとって重要な軍事拠点であった。そこには西欧建築が立ち並び、「月尾島」の遊園地といった観光地や「敷島遊郭」という公娼街が日本によって整備されていく。そして、純情な画学生だった「呉」はここで変貌を遂げる。呉が勤めている「取引店」とは、一八九六年に設立された仁川米豆取引所傘下の営業所を指す。呉の父親自身も米穀相場師と記されているから、二代続けて投機の世界に生きていることになる。

物語の現在の舞台は京城で、仁川は主人公が過去を回想するときに登場する。二つの都市を往還しながらドラマは進み、ずっと怠けていたいと思いつつ、金と欲に対して超然ともしていられない主人公の苛立ちが、「彼」と「僕」という二つの人称を混在させながら伝わってくる。

実は「怠けていたい」という願望も半分しか本当ではない。実際のところ、主人公は妻の前借金の百円を旧友に任せて投機を目論んだが、それが回収できないのでいらいらしているのである。だが、正面から呉に談判することもできない。原文では、「借金『百圓』」の「百圓」という文字が、他の活字より二回りくらい大きい太ゴシック体で強調されている。

二人の女性は「マユミ」「ナミコ」というカフェーでの名前しか知らされず、女性たちの商品化が日本化と隣り合わせだったことがわかる。「翼」の舞台は遊郭に類似した空間だったが、この女性たちがうごめくのはカフェーという新しい空間だ。一九三〇年代に京城のカフェー文化は全盛期を迎え、そこは名称こそ西欧風だが、中身は、浴衣姿の男性が采配をふるっていることからもわかるように日本仕込みのモダンだった。

主人公は最後に、妻が慰謝料としてもらってきた二十円で呉の女である「マユミ」を買おうとする。カフェーに始まりカフェーに終わる内向した欲望の行方に突破口はなく、主人公の煩悶が終わりそうにはない。妻「ナミコ」の方が、傲慢な客にくってかかる覇気も持っているし、いつでもまたポソンを脱ぎ捨てて出ていきそうな生命力を感じさせる。

山村余情――成川紀行中の何節か

一九三五年の八月下旬から、平安南道成川《ピョンアンナムドソンチョン》に旅行して一ヶ月を過ごした旅行記である。『毎日申報』に同年九月から十月にわたって連載された。このころ錦紅は家出をくり返しており、李箱は錦紅がマダムを務めていた喫茶店「燕」をたたみ、続いて「鶴」「69」「むぎ」という名前のカフェーや飲み屋を立て続けに経営しては閉店することをくり返した。それとは別に人間関係にも紛糾があり、失恋もあり、地方での静養を思い立ったようである。「死んでしまおうか」という記述にはこうした背景もある。

「山村余情」と銘打っているのに、冒頭からアメリカのコーヒーの銘柄、パラマウント映画、セシル・B・デミル、ウェストミンスター煙草、リグレーのチューインガムと、ハイカラな西欧文化のオンパレードである。モダンボーイ李箱が自然をもてあましていることが伝わってくると同時に、近代化の過程で都市と農村の間にいかに距離が生じてしまったかが感じられる。

実は、この旅行記には裏バージョンがある。一九三六年、東京に滞在しているときに書かれた「倦怠」という随筆で、「十二月十九日未明、東京にて」という署名が入っている。李箱の死後一九三七年五月に遺作として発表された。

「山村余情」ではそれなりに情緒豊かに描かれていた自然風物が、そこでは精神に食い込むほど破壊的な倦怠として扱われている。山の稜線も野原の緑も退屈そのものであり、農民を見ても「彼らに希望はあるのか？　秋には穀物が実るだろう。しかしそれは希望ではない」（拙訳）と感じる。一つの旅がここまで対照的に、ネガ・ポジの関係で描出されることも珍しいのではないか。東京での追い詰められた心理状態がそれを加速化させたことは言うまでもないだろう。

また、その中で成長する子供たちがいかに気の毒であるかがめんめんと綴られる。子供たちはおもちゃを持っていないので、石を拾ったり、草をむしったり、草を石ですりつぶしたりする。かと思えばただぴょんぴょん飛び跳ねたり、挙句の果てに並んで排便したりする。それを見た李箱は「私はこの光景を見てただもう涙が出てきた。どうしてあんな遊び方をするのだろう。この子たちは遊び方すら知らないのだ。親たちはあまりに貧しくて、かわいい子供たちにおもちゃを買ってやることができなかったのだ」（拙訳）と書く。

これについて、現代韓国で最も愛された作家といってよい朴婉緒《パクワンソ》が、自伝的小説『あんなにあった酸葉をだれがみんな食べたのか／あの山は本当にそこにあったのか』（真野保久・朴暻恩・李正福訳、影書房）で面白いことを書いている。田舎で育った朴は、李箱による倦怠の描写が優れていることを讃えつつも、「しかしそれは骨の髄までソウルっ子である李箱の感受性がつくり出した観念の遊戯でしかない。田舎の子どもらはいったいどのように過ごすのかとかわいそうだと思うのはソウルっ子たちの自由だが、私に退屈だという意識が芽生えたり押さえつけられているように感じたのは、ソウルにやってきてからだった」といい、「私たちはそのまま自然の一部だった。自然はいっときも留まることなく生きて動いて変化していくから、私たちも退屈する間がなかった」と続ける。

李箱は、「終生記」という小説の中で「私は稲を見たことがない」と書いたこともあった。都会人の限界をそこに見ることもできるだろう。にもかかわらず「山村余情」に流れる、手紙形式であるためにいっそう強調された人恋しさは、根底に漂う家族への申し訳なさとあいまって、百年近く経った今でも読む者に訴える力を持っている。

また、「スウィートガール」や「工場勤めの少女たち」、そして「全階級の都会の女性の柔らかい肌の上に、その貧富を問わず、たくさんの指紋がべっとりと捺《お》されているのを感じませんか」といった表現からは、朝鮮産米増殖計画によって農村が疲弊し、そこから押し出されるようにして都市に流入していた女性たち、もてはやされると同時に軽蔑もされたモダンガールと呼ばれた女性たちの姿が浮かんでくる。性売買や貞操をめぐる李箱の態度には時代の限界が色濃く染みついているが、ここに現れたような女性たちへの眼差しには注意を向ける必要があると思う。

### 逢別記

死の前年である一九三六年は、非常に旺盛な創作の年だった。詩は少なく、小説、随筆が続けざまに発表されている。金起林は後にそれを振り返って、「小説がどんなに喝采を浴びても、そのポケットの中には常に詩があった」と書いていたが。

「逢別記」は題名の通り、出会いと別れをかなり素直に書いたもの。錦江の面影が色濃く浮かび上がる。「翼」に続いて一九三六年の年末に発表された。「翼」は李箱自身の装画（本書五九頁、六十頁）により非常にモダンな雰囲気を放っていたが、「逢別記」にはチマチョゴリを着た女性の挿絵が配され、まったく違う味わいをかもし出している。

「翼」や「蜘蛛、豚に会う」に比べ、淡々とした文章で人と人との「縁」、また時の流れを描いているのが印象的だ。「翼」や「蜘蛛、豚に会う」の人物たちはモダン京城の喧騒の中で忙しく動き回るが、この小説の「私」や錦紅は、朝鮮の伝統音楽のリズムに乗っているかのようにゆったりと動き、李箱の他の小説に見られる焦燥感が薄い。

実生活上の李箱は、この作品を書いたと思われるころ、卞東琳《ピョンドンム》と結婚して新婚生活を送っていた（詳しくは二八二頁参照）。と同時に京城脱出を計画し、すでに日本に留学していた金起林とその件で手紙をやりとりしていた。決して落ち着いた日常ではなかったと思われるが、そこから生まれた「逢別記」は不思議な静けさをたたえている。

牛とトッケビ

金海卿の本名で発表された珍しい作品で、李箱の死の直前に『毎日申報』に連載された。

この童話は、児童文学でも多くの作品を残した作家豊島与志雄の「天下一の馬」（『赤い鳥』一九二四年三月号）のパスティーシュであることが知られている。「天下一の馬」では、馬方の「甚兵衛」が「悪魔の子供」を大事な馬の腹の中に入れてやるという設定になっており、「牛とトッケビ」同様、材木をたくさん積んだ荷車を、以前と比較にならない速さで運ぶのである。その後の展開もほとんど変わらず、文体も非常によく似ている。

しかし李箱は、トルセが、牛の腹からトッケビの子を出してやる手立てを思いつかず、呆然とする場面（一七二頁）に、全くオリジナルの文章を挿入している。

「何年も自分のために力を貸してくれて、頑張ってくれたかわいい牛！

あと何日かで、トッケビの子のせいでおなかの皮が破れて死んでしまうかわいい牛！

それを思うと人が死ぬのに負けず劣らず、哀れで悲しく無念です」

ここから一七三頁十行目の「ただただ、かわいい牛と別れることが悲しかったのです」というところまでが李箱のオリジナルで、この文章が入ることによって、「天下一の馬」の淡々とした民話調とは全く違う効果を生んでいる。

非常に忠実なパスティーシュだからこそ、そこに挿入された李箱の肉声のようなものが光るのかもしれない。実際、このくだりがあるために、トルセが最後に述べる「トッケビどころか恐ろしいお化けが来たとしても、かわいそうな者は助けてやらにゃ」という言葉が光る。ここには、露悪的で自己憐憫的な李箱はいない。

崔真碩は、この作品が金海卿という本名で発表されたことに注目し、「それまで惰弱な人間を描きながら築きあげてきた李箱文学の世界を降りる、作者李箱の死を告げるような作品」（「〈近代の鳥瞰図〉としての李箱文学――訳者解説にかえて」『李箱作品集成』、作品社）と述べており、慧眼と思う。この作品には李箱の「まっすぐな希望」が素朴な形で現れており、「翼」などのデカダンな作品と「牛とトッケビ」の矛盾にこそ、李箱の内面の葛藤が現れているという指摘である。

なお、「牛」は原文では「黄牛《あめうし》」であり、飴色の毛で体が大きく力の強い立派な牛を指す。

**東京**

一九三六年十月、李箱は突然東京へやってきた。その年の早いうちから計画していたようだが、紆余曲折あって秋になったのである。京城には結婚したばかりの卞東琳が残された。

東京では「神田区神保町三丁目十一番地の四　石川方」という住所の日当たりの悪い部屋に住んだ。ここには現在、専修大学が位置している。東京の印象は最初から悪く、当時仙台の東北帝国大学に留学していた金起林に宛てた手紙は、「起林兄　ついに東京に来ました。来るなり失望だよ。実に東京というところは浅ましい場所だなあ！」と書き起こされていた。

そのように失望しながらも、または失望したからこそなのかもしれないが、李箱は東京でかなりの量の文章を書いた。それらは死後三年にもわたって断続的に「遺作」として雑誌に掲載された。「東京」もその一つで、短いスケッチだが、強い焦燥感、哀切な抒情、辛辣な批評が揃って、この時期の文章の特徴が凝縮されている。

なお、ここに現れた銀座、新宿といった遊歩コースは、かつて朴泰遠が一九三三年に『東亜日報』に連載した「半年間」という小説と重なる部分が多い。「半年間」には東京の朝鮮人留学生の人間模様や東京の風物がリアルに描写され、特に新宿については、この町の成り立ちを解説するルポ風の部分もある。この小説には朴泰遠自身による挿画も入っていて、新宿の映画館武蔵野館をはじめさまざまな光景が描かれていた。李箱には、この連載で見て読んだ光景をおさらいするような気持ちがあっただろう。

失花

東京で書かれた小説で、「一九三六・十二・二三」という注記がある。遺作として一九三九年に発表され、著者名は「故 李箱」となっていた。

東京での一日を描いているのだが、現在の東京と少し前の京城という二つの場所と二つの時間が一人の話者の中で交錯するため、流れがつかみづらい。また、鄭芝溶の詩など、李箱が好きだった文学作品を断片的にちりばめているので、さらにわかりづらくなっている。にもかかわらず、「ひとが秘密を持たぬのは」と始まる意味ありげな冒頭の一文や、「ねえ、そうでしょう！ ねえ？」といったやぶれかぶれの人懐っこさが人を惹きつけるようである。ここには太宰治を連想させるものがある。太宰治は李箱の一歳年上で、一九三六年六月に最初の作品集『晩年』が出ていた。

実はこの文庫版を編むに際して、最初念頭にあったのは『晩年』だった。『晩年』は、散文詩の集まりのような「葉」に始まって、短編小説、回想録、童話、民話風の読み物などが一見無造作に並んでいる。このように多様なジャンルの文章を並べて作家の全体像を俯瞰するようにできないかというのが発想のもとだったが、李箱の場合はポーズでも何でもなく本当の晩年に傑作が生まれているため様相が全く異なり、このアイディアは早々に頓挫した。

「失花」で目立つのは、貞操という問題だ。李箱はたびたび、妻の結婚前の性交渉について「何回?」と問い詰める場面を書いている。これらの女性像には、李箱が錦紅と別れた後に出会った卞東琳が影響を与えていると思われる。一九一六年生まれで、梨花女子専門学校（現在の梨花女子大学）に在学中だった卞東琳は、李箱とは行動範囲も関心領域も重なるインテリ女性だった。卞東琳の兄の卞東昱《ビョンドンウク》は、京城じゅうの芸術家が集う有名な喫茶店「楽浪パーラー」で音楽の選曲にあたるなど多方面の芸術知識を持つ人物で、李箱と親しかった。さらに卞東琳の異母妹は、李箱の親友である画家・具本雄の庶母（父の正式ではない妻、妾）で、人間関係の面でも非常に近いところにいた。

　李箱と出会ったとき卞東琳は二十歳で、李箱の作品の愛読者であり、二人は急速に親しくなった。後に卞東琳は、散歩の途中に李箱から「一緒に死のうか?」と言われたことや、「私は堂々たる市民にはなれないあなたについていくことに決めました」と自ら愛を告白し、李箱もそれを受け入れたことを回想している。二人は一九三六年六月に少数の友人たちに囲まれて結婚式を挙げたが、結婚生活は李箱の東京行きによって四ヶ月ほどで終わった。卞東琳は李箱の死の七年後に画家の金煥基《キムファンギ》と再婚し、朝鮮戦争後の一時期はパリに住んだ。金煥基は韓国美術界で抽象画の第一世代といわれる重要な画家である。再婚後は金郷岸《キムヒャンアン》と名乗り、自らも画家・随筆家として活動、李箱の思い出についても文章を残した。

一九三〇年代、高い教育を受けた知的なモダンガールのことを朝鮮では「新女性」と呼んだが、卞東琳はその典型といえよう。「新女性」たちの旗印の一つが自由恋愛・自由結婚の実践であり、女性の自由恋愛を認められないのが李箱のアキレス腱だった。彼自身が何度となく、自分は十九世紀の古い道徳観念に縛られていると吐露してきたが、「失花」における姙《イミ》と主人公の関係にそのことが如実に表れている。これを読む現代の読者は李箱の古い女性観にひるむかもしれないが、親との関係、妻との関係にこれほど深刻に葛藤する姿を描いた作家が植民地時代の朝鮮に他にいたかというと、なかなか思い当たらないのも事実である。

ともあれこうした姙への錯綜した思い、死を控えた友人との「情死」という夢想を経て、主人公は東京で宙に浮いてしまった自分の消滅を予感しているかのようだ。先にも引いた相川拓也氏は、この小説の最後の方の「僕——という正体は誰かがインク消しで消してしまったんだ」という一行に注目している。朝鮮など植民地においては、出版物の検閲の際、「内地」でのように出来上がったものを納本させるのではなく、稿本、つまり印刷に回る前の原稿を提出させることが「出版法」によって定められていた。印刷物よりも生々しい、いわば肉体に近いインクで書かれた原稿が検閲者によって見られ、文字が削除されたり、没収されたりするわけである。「失花」のこの部分は、「朝鮮人にして表現者であることの根底に横たわる、植民地検閲の痛みの象徴的な表現でもあったのではないか？」と相川氏は見る（「李箱のたどった明洞—新宿」『韓国文学を旅する60章』所収　波田野節子・斎藤真理子・きむ ふな編著、明石書店）。「失花」全体に漂う痛ましさがここに象徴されているかもしれない。

### 陰暦一九三六年大晦日の金起林への手紙

一九三六年の東京行きに前後して、李箱は、東北帝国大学に留学中だった金起林に七通の手紙を書いた。没後、金起林本人の手で雑誌に公開されたそれらの手紙からは、東京行きの決心、実行、失望という経緯を時系列で読み取ることができる。

金起林にとってこの留学は、一九二五年に渡日し、二六〜二九年に日本大学専門部文科正科（現在の芸術学部の前身）に学んだのに次ぐ二度目の留学だった。一九三六年の春に仙台に到着し、その年の七月には初の詩集『気象図』が李箱の装丁で世に出た。手紙にはこの詩集の校正のやりとりに関する記述もあり、彼の留学や詩集の刊行に李箱が刺激を受けていたことがひしひしと感じられる。東京行きの計画は一直線には進まなかった。「九月中には出発したい」と宣言したり、渡航証明が発給されなかったことを報告したりした後、東京に着いてから金起林に宛てた初めての手紙は、先にも「東京」の解説で書いた通り、失望を吐露するものだった。

ここでは、陰暦の大晦日に金起林に宛てた最後の手紙を訳出したが、その前の手紙では、口をきわめて東京を罵る一方で、「生——その中にのみ無限の喜びがあるということをあまりにもよく知っているから、すでにヌキサシナラヌほど転落してしまった自分自身をとくと見つめて、人生への勇気、好奇心といったものが日ごとに薄れていくのを自覚しているのです」（拙訳、「ヌキサシナラヌ」は原文でもカタカナ）と告白していた。

東京で書かれた手紙はいずれも絶唱といってよい。今、世界で最も注目されている韓国の作家ハン・ガンは、これらの手紙に触れて次のように書いている。

「東京にいた李箱が金起林に宛てた手紙を読んでいたのですが、堪《こら》えきれなくなって、スニーカーをつっかけたまま外に出てきたところです。(中略) これ以上は読み進められないと思うほど心が痛いのは、彼の運命をすでに知っているからです。彼が東京に行こうとするも許可が下りない場面では胸をなでおろし、『とうとう東京に来たぞ』という手紙には息が止まります。」(「再びごあいさつ」『そっと 静かに』古川綾子訳、クオン)

陰暦一九三六年の大晦日は、陽暦でいうと一九三七年二月十日。李箱が警察にいきなり逮捕されるまで二日しかない。

失楽園

一九三九年に遺作として発表された。一種の連作散文詩と見てよいだろう。六つの断章を連ねたものだが、それぞれの執筆時期は不明である。李箱の死後、誰がどのようないきさつでこの六編を集め、発表したのかはわかっていない。

このうち「肉親の章」は、一九三六年に「朝鮮日報」に連載された連作詩「危篤」の中の「門閥」及び「肉親」との類似性が、また習作と銘打たれた「自画像」は、「危篤」の中の「自像」との類似性が指摘されている。このことから、それ以外の作品も今後改作される可能性を持っていたと見て、「失楽園」全体を、完成作品というより習作的な断片の集合と考える向きも多い。

にもかかわらずこれを収録したのは、この断章集が、李箱の中に生涯にわたって溢れていた詩的モチーフの見本市のようなものだからである。さらに、最後の「月傷」には、李箱の他の詩作品よりもスケールの大きいイメージの奔流がある。一九三九年というどんどん暗くなっていく時代にこの六編を編んだ人は、「私の前に月がある。新しい――新しい――／火のような――あるいは華麗な洪水のような――」という最後の鮮烈な二行をどう読んだのかと想像をかき立てられる。

李箱の最期はあっけなくやってきた。

二月十二日、李箱は神田のおでん店で飲んでいたところを警察官に見咎められ、西神田警察署に勾留された。警察側の資料が残っていないため容疑の内容は明らかではない。今まで韓国と日本の両方で、「不逞鮮人として逮捕された」という表現が使われてきたが、事実、実態はそのようなものだっただろう。風態異様、挙動不審ということでいくらでも引っ張れた時代である。

その後の経緯については、友人たちの証言が手がかりとなる。李箱は健康状態の悪化のため、三月十六日に釈放された。三月二十日、仙台から駆けつけた金起林に本人が語ったところでは、「折り悪しく机の上に何冊かのよからぬ本があり、本名の金海卿の他に李箱という風変わりな名があり、また日記の中に何行かの穏やかならぬ文句を記した」のが勾留の理由だそうである。また金起林は、「箱は、その中で他の〇〇主義者と同様に、手記を書いたのだが、例の名文に係員も讃嘆したと言って笑った。西神田警察署の署員の中にも愛読者を持ったというのは、詩人としていかに痛快なことかと、私も一緒に笑った」という。

下宿は非常に日当たりが悪く、そこで李箱は「『翼』がすっかり折れて起居もままなら」ずに寝ていたが、金起林が来ると喜んで起き出し、二時間も座ったままで積もる話をし続けたという。そして、「じゃあ、行ってらっしゃい。僕は死なないよ」と言って別れた（以上、金起林「故　李箱の追憶」青柳優子編訳・著『朝鮮文学の知性　金起林』新幹社)。しかし健康は回復せず、東京帝国大学医学部附属医院に入院したが、四月十七日午前四時に死亡した。享年二十六歳。友人たちが集まり、画家の吉鎮燮《キルジンソプ》がデスマスクをとった。遺体は火葬に付され、遺骨は京城から来た妻の卞東琳が五月に持ち帰った。友人たちが集まり、李箱より先に死亡した金裕貞《キムユジョン》(「失花」に登場する)との合同葬儀を行い、六月には弥阿里《ミアリ》共同墓地に埋葬された。

それにしても、李箱はなぜ突然東京へ向かったのだろうか。

金起林は一九四九年になって、生前に一冊も本が出なかった友のために自ら『李箱選集』を編んだ。その巻頭言として金起林が書いた「李箱の姿と芸術」には、「一九三六年冬、彼は不意にソウルと彼の過去の生活のすべてに別れを告げ、何らかの新しい生活の夢を抱いて玄界灘を渡った。もう少し事情が許したならまちがいなく、私との約束通りパリへ行ったであろう。脱走、逃亡、抛棄、清算――そのような複雑な動機を持った彼の長旅は、あえて求めるならランボーの失踪にも比肩しうるか」(拙訳)とある。

体も弱っていたし、新婚生活を始めて間もなかったにもかかわらず(卞東琳は、自分も追って留学する予定だったと明かしているが、それを支える経済基盤が二人にあったのかどうかは不明である）、また、創作が認められつつあったにもかかわらずしゃにむに東京を目指した李箱の様子は、逃亡同然に見えたかもしれない。それほど突破口を見いだしたい欲求が強かったのかもしれない。しかし二・二六事件以後の東京にそれを実現させるのは、どんなに楽天的な植民地人でも難しかっただろう。その後、戦時体制に向かって朝鮮の知識人への思想統制はどんどん強化されていった。作品を書くどころではない時代の鳥羽口で、李箱は死んだ。

今、李箱の作品を読み返して感じるのは、この人の文学が基本的に青春文学だということだ。長く続く人気の秘密もそこにあるだろう。一方で、生き延びてすっかり大人になった「九人会」メンバーのその後を考えると、複雑な思いにかられる。

解放後、李泰俊は一九四六年と早いうちに朝鮮民主主義人民共和国（北朝鮮）を目指した。一九五〇年から始まった朝鮮戦争の際には従軍作家として活動している。だがその後政府による粛清の対象となり、一九五四年を最後に作品を発表した形跡がない。没年もはっきりわかっていない。

四人のうち、いちばんのモダンボーイに見えた朴泰遠も北に行ったが、粛清は免れ、歴史小説などを書いて、一九八六年に死んだ。

鄭芝溶と金起林の二人は朝鮮戦争の際に行方不明となり、そのまま消息を絶った。北朝鮮に拉致され、死亡したであろうことが定説になっているが、二人ともに、その詳しい経緯はよくわからないままである。

そして韓国では、これら四人の作品はいずれも「越北作家」のものとして、軍事独裁政権が続いていた間は出版が禁じられ、一般の人には読むことができなかった。文学史などで触れる必要がある際には、「李〇〇」などと伏字が使われた。彼らの作品があいついで出版されたのは、韓国が民主化を迎えた一九八八年以降のことである。

その間、最も無名だった李箱の作品はずっと読まれ、人々を惹きつけ、言葉を失う。「李箱文学賞」が生まれるまでになった。このあまりに大きな対比を思うとき、朝鮮半島の文学史はいわば満身創痍の部分を抱えている。李箱の作品が作家自身の死後に保ってきた光は、この闇を考慮するとき不思議な冴え方で迫ってくる。

烏瞰図　詩第四号

締めくくりに、最も李箱らしいといえる詩を持ってきた。連載打ち切りになった

『朝鮮中央日報』の連載「烏瞰図」の第四作である。

実は、この作品の初期形は日本語によるもので、一九三二年に『朝鮮と建築』に発表された。そのときは数字が左右逆転しておらず、またタイトルは「診断　0：1」というものだった。さらに、日本語版では一行目が「ある患者の容態に関する問題」だが、朝鮮語版では「ある」が抜けて「患者の容態に関する問題」となっており、末尾の行も日本語版では「診断　0：1」、朝鮮語版では「0・1」となっているという違いもある。

末尾に付された「26.10.1931」という数字は、李箱が結核の診断を受けた日と解釈されるのが一般的である。

末尾の行が日本語版では「診断　0：1」だったが、「烏瞰図」では「0・1」となっている点について、韓国では従来、「0・1」は単純な誤植であると見なし、「0：1」と修正して収録することが多かった。しかし権寧珉は誤植の可能性を否定し、「数学において『・』は『×（掛け算）』を表すので、この行は『0×1』を表している」と解釈する。もちろんその解は0である。そして、「1」は正常に作動している肺を、「0」は結核によって毀損された肺を意味し、詩全体を、李箱が自分自身に下した診断の過程を表すものと見る。

それにしても、この詩の日本語バージョンと朝鮮語バージョンの違いには謎が多すぎる。日本語から朝鮮語へ移行するとき、「ある患者の容態」が「患者の容態」と変化したことは何を意味するのだろう。さまざまな解釈が可能だろうが、朝鮮語版においては患者が特定されず、「責任医師　李箱」の担当範囲が茫漠と広がるかのようだ。見れば見るほど迷宮に誘い込まれるような、同時に釘付けにさせられる作品である。


以上、駆け足で李箱の生涯と作品を見てきた。

李箱ほど時代の制約を受けた人もいないだろう。李箱の翼には、植民地支配の暴力と、家父長制に縛られた古い宗族社会という錘《おもり》がぶら下がっていた。そしてずっと健康を害していた。それでも、何語によってであれ、世界を自前の言葉で定義していく喜びに溢れ、地球の各地で同時多発的に発生したモダニズムの流れに果敢に参加していた。この小さな本は李箱の個性の一部を照らしたものにすぎないが、絶望や恐怖とともに、その喜びの一端でも味わっていただけたら幸いである。「責任医師　李箱」

の目は八十六年の彼方から、日本文学を凝視している。

# 李箱年譜

一九一〇年　〇歳

九月二十三日、京城府（当時）鍾路区《チョンノグ》社稷洞《サジクドン》に、父・金永昌《キムヨンチャン》と母・朴世昌《パクセチャン》の長男として生まれる。本名は金海《ヘ》卿《ギョン》。日韓併合（同年八月二十九日）から一ヶ月も経っていなかった。父は旧韓国宮内府印刷所に勤務したが、仕事中に指を三本切断する事故に遭って職を辞し、理髪店を経営したという。

一九一二年　二歳

伯父の金演弼《キムヨンピル》の養子となり、以後通仁《トンイン》洞《ドン》の伯父の家で二十年以上暮らす。

一九一七年　七歳

私立の四年制の小学校、新明学校に入学。

一九二一年　一一歳

新明学校を卒業、仏教系の東光学校に入学。成績は優秀だった。

一九二四年　一四歳

東光学校が普成高等普通学校に合併されるにあたり、同校の四年生に編入される。このころから絵の才能を発揮し、校内の美術展に油絵の風景画を出し、優等賞を受賞する。

一九二六年　一六歳
普成高等普通学校を卒業し、東崇洞《トンスンドン》の京城高等工業学校建築科（現在のソウル大学工学部建築学科）に入学する。建築科の入学生十二人のうち唯一の朝鮮人学生だった（他はすべて日本人）。美術部に入り熱心に絵を描く。翌年には文芸回覧誌『難破船』を編集。在学中から「李箱」というペンネームを使っていた。

一九二九年　一九歳
京城高等工業学校を卒業、朝鮮総督府内務局建築課に技手として就職する。十一月、官房会計課営繕係に異動。十二月に、朝鮮建築会の機関誌『朝鮮と建築』の表紙図案懸賞公募に応募し、一等と三等に当選。

一九三〇年　二〇歳
初めての小説「十二月十二日」を『朝鮮』二月号から十二月号に連載する。結核により、初めての喀血を経験する。

一九三一年　二一歳
日本語による詩「異常ナ可逆反応」「鳥瞰図」などを『朝鮮と建築』に発表する。第九回朝鮮美術展覧会洋画部門に「自画像」を出品して入選する。

一九三二年　二二歳
『朝鮮』に朝鮮語の小説「地図の暗室」を、『朝鮮と建築』に日本語の詩「建築無限六角面体」を発表。伯父が脳溢血で死亡。

一九三三年　二三歳
結核のため朝鮮総督府を辞職する。伯父の死亡のため一時、二十三年ぶりに生家に戻る。画家の具本雄《クボンウン》とともに療養のため黄海南道白川温泉に赴き、「翼」「逢別記」に登場する妓生・錦紅《クムホン》に出会う。七月、鍾路に喫茶店「燕」を開店し、錦紅をマダムとする。以後三年間、錦紅と同居。李泰俊、朴泰遠、金起林ら「九人会」のメンバーと知り合う。鄭芝溶の斡旋で『カトリック青年』に朝鮮語の詩を発表。

一九三四年　二四歳
文学者の親睦会「九人会」のメンバーとなる。李泰俊の紹介で『朝鮮中央日報』に詩「烏瞰図」を連載するも、読者の抗議により、三十回の予定が十五回で中止となる。朴泰遠の「小説家仇甫氏の一日」が『朝鮮中央日報』に連載されるにあたり、「河戎」のペンネームで挿絵を描く。

一九三五年　二五歳
五月に「燕」を閉店し、続けて「鶴」「69」「むぎ」という喫茶店を経営するがいずれも失敗。八月、平安南道成川に旅行して一ヶ月過ごす。このときの経験を旅行記「山村余情――成川紀行中の何節か」として『毎日申報』に連載。

一九三六年　二六歳
「九人会」の同人誌『詩と小説』の編集にあたる。六月、梨花女子専門学校

（現在の梨花女子大学）英文科に在学中の卞東琳《ピョンドンニム》と結婚。創作活動は非常に旺盛で、「蜘蛛、豚に会う」「翼」「逢別記」など代表作となる小説を次々に発表、特に「翼」が好評を得る。十月に東京へ渡航、神保町三丁目十一一番地の四　石川方に住む。東京で「終生記」「失花」「倦怠」「東京」などを書く。

一九三七年　二七歳

二月、神田のおでん店で飲んでいたところを警察に逮捕され、二月十二日から三月十六日まで西神田警察署に拘禁。体調悪化のため保釈され、東京帝国大学医学部附属医院に入院。四月十七日に死去。享年二十六。五月に卞東琳が火葬した遺骨を持ち帰り、六月十日、弥阿里《ミアリ》共同墓地に埋葬。没後、「倦怠」「終生記」などが遺稿として発表される。

一九三九年

「失楽園」「失花」「東京」などが遺稿として発表される。

一九四九年

金起林の編集により、『李箱選集』（白楊堂）が出版される。

一九五六年

林鐘国の編集により『李箱全集』全三巻が刊行される。以後、数度にわたり全集が刊行される。

一九七七年

文学思想社が「李箱文学賞」を設置。

# 訳者あとがき

私が李箱を読んだのは多くの場合、部屋の中ではなく、街の中だった。その際に二度、大いに驚かされたことがある。

最初は、初めて韓国を訪れた一九八二年の夏のことだった。

釜山の繁華街にある書店で、新書版の『李箱詩集』という本を買った。とても地味な装丁で、値段は八百ウォン。当時の日本円にして二百七十円ぐらいだっただろう。

そのとき私は大学四年生だった。二年生のときから大学のサークルで朝鮮語を勉強してきて、卒業年度の夏休みに、縁があって韓国を初めて訪れた。釜山では現地で日本語を学ぶ学生たちとの交流の機会を持ち、空き時間ができたときにふらっと書店に入り、記念になりそうな本を選んだのだと思う。だが、当時の私が李箱の名前を知っていたのかどうか（知っていたとしたらなぜなのか）、それとも何も知らずに手にしたのか、どうしても思い出せない。

ともあれ店員さんとやりとりをして本を買うことができ、満足して喫茶店に入り、開いてみた。そしてパラパラめくっていくうちに、ある頁で固まってしまった。そこでいきなり本が上下逆になっていたからである。驚きすぎるとかえって無反応になってしまうことがあるが、そのときがそうだった。今、現物を見直すと、一一三頁から一二八頁までの十六頁が上下逆のまま製本されている。本というものは十六頁単位で構成されており、その一つ一つを「折」というが、この場合、一折分が丸ごと引っくり返ったまま製本され、市場に出回ってしまったことになる。

そこには、次のような詩が印刷されていた。

（立體에의絶望에依한誕生）
（運動에의絶望에依한誕生）
（地球는빈집일境遇封建時代는눈물날이만큼그리워진다）

これが、「本書七四頁の「線に関する覚書1」の一部と同じものであることは、すぐに気づいていただけるだろう。

特定の「折」が上下逆になってしまうハプニングは、手作業の製本過程ではありうるのかもしれないが、それが市場に出回ってしまうことは稀だろう。今でも私はときどき考える。この製本ミスはいったい何冊において起きたことなのか。私が持っているのと同じ上下逆の『李箱詩集』を持っている人はほかにもいるのか。交換を申し出た人もいるのだろうかと。

二度目に驚かされたのは、それから九年後、ソウルに語学留学していたときだ。そのときはさすがにもう、李箱が誰であるかは知っていた。一九八四年に出た岩波文庫の『朝鮮短篇小説選（下）』に収録された「翼」（長璋吉訳）を読んでいたし、李箱の数奇な人生や、東京で死んだことも知っていた。上下逆になったあの『李箱詩集』にも、全部ではないが目を通していた。

ソウルに来てからは、李箱のほかの小説や散文も読んだ。住んでいた大学の寄宿舎や下宿は狭くて落ち着かなかったので、私はよく公園や喫茶店で本を読んでいた。「逢別記」「東京」「失花」などは、人のざわざわする喫茶店で集中して読んでいた記憶がある。

だが、一九八二年に買った『李箱詩集』は東京に置いてきたので、ある日大型書店で、『韓国現代詩文学大系』というシリーズに収められた李箱の詩集を買った。李箱の詩集にはいろいろなバージョンがあるが、これが特に安かったのだと思う。そして喫茶店で本を開いたとき、何かが飛びかかってきたようなショックを受けた。そこからいきなり、魔法のように、日本語の文字列が溢れ出たからである。

人は一度に一度逃げよ、最大に逃げよ、人は二度分娩される前に××される前に祖先の祖先の祖先の星雲の星雲の星雲の太初を未来においてみる恐ろしさに人は迅く逃げることを差控へる。

私は何が起きたのかわからず、混乱して本を閉じた。あまりに常套的な言い方だが、「見てはいけないものを見てしまった」ような気がしたのである。それらの日本語はぎょっとするほど正体不明で、禍々しく、不吉にさえ見えた。本の中に突然出現した植民地の断層——そんな整然とした言葉で思ったわけではないが、あえて言葉にすればそういうことだろうか。

それから何年も経って、事情を理解した。李箱は初期に日本語でも創作をしたことがあった。多くの李箱の本にはそれらが朝鮮語に翻訳されて収められているが、訳者名が付されておらず、原文が日本語であることがわからないことも多い。この本はたまたま、親切な編集方針に基づいており、巻末資料として「日文原詩」というコーナーを付していたのである。これらはもちろん専門家にとっては自明のことで、文学研究とは無縁だった私が知らなかっただけのことだ。

最初の衝撃から四十年以上を経て、現在の私は、李箱を、朝鮮語と日本語の言語横断の可能性に挑みつつ、約七年という短い期間に精一杯活動した作家というように見ている。本書に日本語詩も収録したのは、これらもまた、李箱の果敢な文学的営みの中から生まれてきた大切な成果であるからだ。と同時に私は、初めて李箱の日本語を目にしたときの衝撃も忘れないようにしたいと思っている。朝鮮半島に日本語が入ってきたとき、多くの人々が似たような禍々しさを感じたのではないかと思う。そもそも文字というもの自体が、それを読み書きしないことによって不利益を被る人々にとっては、禍々しい魔力を帯びうるものだと思う。

なお、李箱が日本語で書いた詩は『李箱作品集成』（崔真碩編訳、作品社）、『李箱詩集』（蘭明訳編、花神社）に収録されているほか、青空文庫でも読むことができる。

東京を歩いていると李箱を思い出すことが多い。日本において李箱の「東京」や「失花」を読むのは、辛い行為である。解説で引用したハン・ガンの文章の通り、彼の最期を知っているからだ。

「失花」の中で「鈴蘭洞」と書かれている神保町の「すずらん通り」を蹌踉《そうろう》と歩いていく李箱、丸ビルや銀座の伊東屋を見上げている李箱。何年か前まで新宿に「ウェルテル」という古い喫茶店があり、何度もそこでコーヒーを飲んだことがあるが、「東京」に出てくる店ではないかと思いつつ、お店の人に尋ねてみる勇気のないまま、そこは閉店してしまった。

東京で李箱が最後に書いたといわれる手紙は、弟の金雲卿に宛てた葉書だった。

「お前の就職が決まったと聞いてどんなに嬉しかったかわからない。ここへ来て僕は一日たりとも心安らかな日はなかった。怒りにかられて、お前に嫌な手紙を書いたこともあったね。だけどもう安心だ」

「どうか、歳をとられた父上、母上を心をこめていたわってあげておくれ。お前にだけは聞かせておきたい詳しい話は、二、三日のうちにまた書くよ」（以上拙訳）

だが、次の手紙が書かれることはなかった。

雲卿は通信社の記者だったらしい。解放後に北朝鮮に行ったと妹の玉姫が証言している。韓国では珍しくない一家離散の物語だ。また、解説にも書いた通り、李箱の文学仲間であった金起林、朴泰遠、朴泰俊、鄭芝溶らも解放後さまざまな経緯で北へ行き、ばらばらになった。李箱だけでなく、李箱を弔った人々のその後の足取りをたどることも悲しい。

そしてまた、錦紅のことも忘れがたい。男性視線の証言に取り囲まれ、確実に本人と同定される写真が一枚もない、妓生でありモダンガールであり、一にも二にも言い分があったはずのその人はその後、どこでどう生きてどう死んだのだろう。本書はこの錦紅＝蓮心や、一方、言葉を持っていたために言い分を残すことのできた卞東琳も含め、一九三〇年代の京城に確かに存在した青春群像へのささやかな哀悼のつもりで編んだ。

翻訳についていくつか補足を記す。

・底本には基本的に初出の紙誌を用い、韓国で出版された数種の全集を援用した。ただし二一七ページの「陰暦一九三六年大晦日の金起林への手紙」については初出紙が確認できないため、『李箱文学全集』第三巻・随筆（金允植編、文学思想社、一九九三年）を底本とした。

・初出情報は各作品の末尾に記した。

・初出時の明らかな誤記、誤植で、その後韓国で出版された全集で修正された箇所は修正通りとした。

今までに李箱の作品が日本語に翻訳紹介された主な例としては、次のものがある。

「つばさ」（申建訳編『朝鮮小説代表作集』所収、教材社、一九四〇年）

「鳥瞰図・破帖・蜻蛉・一つの夜」（金素雲訳『朝鮮詩集中期』所収、興風館、一九四三年）

「蜻蛉・一つの夜」（金素雲訳『朝鮮詩集』所収、岩波書店、一九五四年）
「紙碑・正式Ⅳ」（許南麒訳『朝鮮詩選』所収、青木書店、一九五五年）
「逢別記」（長璋吉訳『朝鮮文学――紹介と研究』第七号所収、朝鮮文学の会、一九七二年）
「翼」（長璋吉訳『朝鮮短篇小説選（下）』所収、岩波書店、一九八四年）
「クモ、豚に会う／つばさ」（高演義訳『朝鮮幻想小説傑作集』所収、白水社、一九九〇年）
『李箱詩集』（蘭明訳編、花神社、二〇〇四年）
『うしとトッケビ』（おおたけきよみ訳、アートン、二〇〇四年）
『李箱作品集成』（崔真碩編訳、作品社、二〇〇六年）
「失花」（岡裕美訳『韓国文学の源流　短編選3　1939-1945「失花」』所収、書肆侃侃房、二〇二〇年）

これら、先達の皆さんのお仕事はいずれも、大いに参考にさせていただいた。

二〇〇二年に、四方田犬彦さんの勧めで『三蔵2』創刊号（二〇〇二年）に「李箱詩撰」と題していくつかの詩の翻訳を試みたことがある。さらに二〇〇三年には、詩人の新井高子さんのご好意で『ミテ――詩と批評』第五四号に「東京」の翻訳を掲載していただいた。お二人に心から感謝する。

また、原文入手を助けてくださった株式会社クオン代表の金承福さん、たびたび相談に乗ってくださった翻訳家のきむ ふなさんに御礼申し上げる。そのほかにも多くの方にお世話になってこの本は出来上がった。一人一人お名前は挙げないが、助言をくださった皆さんに御礼申し上げる。

李箱研究は常に、韓国・日本両国の優れた研究者によって進行中である。特に詩については、言語横断の面から分析する意欲的な研究が蓄積されつつあり、その成果は遠からず全詩集となって読者に供されることと、信じている。

光文社古典新訳文庫編集部の中町俊伸さん、辻宜克さん、そして「古典新訳文庫」を立ち上げた駒井稔さんには終始、懇切丁寧なお力添えをいただいた。若い読者にも読んでもらえるようにという編集部のご意向のもとに、訳文を数次にわたり見直し、訳注も多めに付した。「いま、息をしている言葉で」という本文庫の方針にかなうものを作るのは大変困難だったが、もしそれが部分的にでも実現しているとしたら、右の方たちの功績である。皆さんに御礼申し上げる。

斎藤真理子

二〇二三年十月三日

本書収録の作品中、女性の職業や社会的身分に関して「女給」「未亡人」などの用語や、日本の朝鮮半島統治下（一九一〇年～一九四五年）にのみ存在した呼称である「京城」（太平洋戦争終戦後、大韓民国はこれを排し「ソウル」としました）など、今日の観点からは使用されるべきでない表現が使用されています。

また、足並みがそろわない状態を「ちんば」、古い価値観に拘泥する様を「びっこ」、「啞《おし》みたいに黙って」など身体障害に関する不快・不適切な比喩表現も用いられています。

しかしながら編集部では、本作が成立した一九三〇年代当時の時代背景、および作者がすでに故人であることを考慮したうえで、これらの表現についても、原文に忠実に翻訳することを心がけました。それが今日にも続く人権侵害や差別問題を考える手掛かりとなり、ひいては作品の歴史的・文学的価値を尊重することにつながると考えたものです。差別の助長を意図するものではないということをご理解ください。

編集部

光文社古典新訳文庫

# 翼《つばさ》
## 李《イ》箱《サン》作品《さくひん》集《しゅう》

著者　李箱《イサン》
訳者　斎藤真理子《さいとうまりこ》

2023年11月20日　初版第1刷発行
2024年1月20日　第2刷発行

発行者　三宅貴久
印刷　新藤慶昌堂
製本　ナショナル製本

発行所　株式会社光文社
〒112-8011東京都文京区音羽1-16-6
電話　03（5395）8162（編集部）
03（5395）8116（書籍販売部）
03（5395）8125（業務部）
www.kobunsha.com


落丁本・乱丁本は業務部へご連絡くだされば、お取り替えいたします。
ISBN978-4-334-10129-9 Printed in Japan

## いま、息をしている言葉で、もういちど古典を

長い年月をかけて世界中で読み継がれてきたのが古典です。奥の深い味わいある作品ばかりがそろっており、この「古典の森」に分け入ることは人生のもっとも大きな喜びであることに異論のある人はいないはずです。しかしながら、こんなに豊饒で魅力に満ちた古典を、なぜわたしたちはこれほどまで疎んじてきたのでしょうか。

ひとつには古臭い教養主義からの逃走だったのかもしれません。真面目に文学や思想を論じることは、ある種の権威化であるという思いから、その呪縛から逃れるために、教養そのものを否定しすぎてしまったのではないでしょうか。

いま、時代は大きな転換期を迎えています。まれに見るスピードで歴史が動いていくのを多くの人々が実感していると思います。

こんな時わたしたちを支え、導いてくれるものが古典なのです。「いま、息をしている言葉で」――光文社の古典新訳文庫は、さまよえる現代人の心の奥底まで届くような言葉で、古典を現代に蘇らせることを意図して創刊されました。気取らず、自由に、心の赴くままに、気軽に手に取って楽しめる古典作品を、新訳という光のもとに読者に届けていくこと。それがこの文庫の使命だとわたしたちは考えています。

このシリーズについてのご意見、ご感想、ご要望をハガキ、手紙、メール等で翻訳編集部までお寄せください。今後の企画の参考にさせていただきます。
メール　info@kotensinyaku.jp

光文社古典新訳文庫　好評既刊

## 故郷／阿Q正伝

魯迅
藤井省三 訳

定職も学もない男が、革命の噂に憧れを抱いた顚末を描く「阿Q正伝」など代表作十六篇。中国近代化へ向け、文学で革命を起こした魯迅の真の姿が浮かび上がる画期的新訳登場。

## 酒楼にて／非攻

魯迅
藤井省三 訳

伝統と急激な近代化の間で揺れる中国で、どう生きるべきか悩む魯迅。感情をたぎらせる古代の英雄聖賢の姿を、笑いを交えて描く魯迅。中国革命を生きた文学者の異色作八篇。

## 傾城《けいじょう》の恋／封鎖

張愛玲
藤井省三 訳

離婚して実家に戻っていた白流蘇《パイリウスー》は、異母妹の見合いに同行したところ英国育ちの実業家に見初められてしまう……占領下の上海と香港を舞台にした恋物語など、5篇を収録。

## 恐るべき子供たち

コクトー
中条省平
中条志穂 訳

十四歳のポールは、姉エリザベートと「ふたりだけの部屋」に住んでいる。ポールが憧れるダルジュロスとそっくりの少女アガートが登場し、子供たちの夢幻的な暮らしが始まる。

## ヘンリー・ライクロフトの私記

ギッシング
池央耿 訳

どん底の境遇のなかで謹厳実直に物を書き続けて三十余年。不意に財産を手にしたライクロフトは、都会を離れて閑居する。自らの来し方を振り返る日々――味わい深い随想の世界を新訳で。

## 光文社古典新訳文庫　好評既刊

### 怪談
ラフカディオ・ハーン
南條 竹則 訳

「耳なし芳一の話」「雪女」「むじな」「ろくろ首」……。日本をこよなく愛したハーン、日本名小泉八雲が、古来の文献や伝承をもとに流麗な文章で創作した怪奇短篇集。

### 闇の奥
コンラッド
黒原 敏行 訳

船乗りマーロウは、アフリカ奥地で権力を握る男を追跡するため河を遡る旅に出た。沈黙する密林の恐怖。謎めいた男の正体とは？ 二〇世紀最大の問題作。（解説・武田ちあき）

### ヒューマン・コメディ
サローヤン
小川 敏子 訳

戦時下、マコーリー家では父が死に、兄も出征し、14歳のホーマーが電報配達をして家計を支えている。少年と町の人々の悲喜交々を笑いと涙で描いた物語。（解説・舌津智之）

### 変身／掟の前で 他2編
カフカ
丘沢 静也 訳

家族の物語を虫の視点で描いた「変身」をはじめ、「掟の前で」「判決」「アカデミーで報告する」。カフカの傑作四編を、〈史的批判版全集〉にもとづいた翻訳で贈る。

### 崩れゆく絆
アチェベ
粟飯原文子 訳

古くからの慣習が根づく大地で、名声と財産を築いた男オコンクウォ。しかし彼の誇りと村の人々の生活を蝕むのは、凶作や戦争ではなく、新しい宗教の形で忍び寄る欧州の植民地支配だった。

# 光文社古典新訳文庫　好評既刊

## ぼくはいかにしてキリスト教徒になったか

内村鑑三
河野純治　訳

武士の家に育った内村は札幌農学校でキリスト教に入信。やがてキリスト教国をその目で見ようとアメリカに単身旅立つ……。明治期の青年が信仰のあり方を模索し、悩み抜いた瑞々しい記録。

## 好色一代男

井原西鶴
中嶋隆　訳

七歳で色事に目覚め、地方を遍歴しながら名高い遊女たちとの好色生活を続けた世之介。光源氏に並ぶ日本文学史上最大のプレイボーイの生涯を描いた日本初のベストセラー小説。

## 聊斎志異

蒲松齢
黒田真美子　訳

古来の民間伝承をもとに豊かな空想力と古典の教養を駆使し、仙女、女妖、幽霊や精霊、昆虫といった異能のものたちと人間との不思議な交わりを描いた怪異譚。43篇収録。

## 今昔物語集

作者未詳
大岡玲　訳

エロ、下卑た笑い、欲と邪心、悪行にスキャンダル……。平安時代末期の民衆や勃興する武士階級、人間味あふれる貴族や僧侶らの姿をリアルに描いた日本最大の仏教説話集。

## 太平記（上）

作者未詳
亀田俊和　訳

鎌倉幕府滅亡から室町幕府創設へ。足利尊氏・直義、後醍醐天皇、新田義貞、楠木正成、高師直らによる日本各地で繰り広げられた南北朝の動乱を描いた歴史文学の傑作。全2巻。

★続刊

## カーミラ　レ・ファニュ傑作選　レ・ファニュ／南條竹則・訳

舞台はオーストリアの暗い森にたたずむ古城。恋を語るように甘やかに、妖しく迫る美しい令嬢カーミラに魅せられた少女ローラは、日に日に生気を奪われ、蝕まれていく……。ゴシック小説の第一人者レ・ファニュの表題作を含む六編を収録。

## 好色五人女　井原西鶴／田中貴子・訳

〝お夏清十郎〟や〝八百屋お七〟など、実際の事件をもとに西鶴が創り上げた極上のエンターテインメント小説五作品。恋愛不能の時代ともいうべき令和の世にこそ響く、性愛と「義」の物語。恋に賭ける女たちのリアルを、臨場感あふれる新訳で！

## 若きウェルテルの悩み　ゲーテ／酒寄進一・訳

ウェルテルは恋をした。許嫁のいるロッテに。故郷の友への手紙に綴るのは、ロッテと過ごす日々と溢れんばかりの生の喜び。その叶わぬ恋の行きつく先とは……。ドイツ文学、否、世界文学史に燦然と輝く青春文学の傑作。身悶え不可避の不朽の名作。